泛覽山海的想像之旅，
一個色彩豐富的奇幻世界。

山海經圖鑑

THE ILLUSTRATED CLASSIC OF MOUNTAINS AND SEAS

李豐楙 編審

獸族篇——山中傳奇

羽禽篇——奇幻禽鳥

鱗介篇——神怪水族

破譯之謎

政治大學文學院名譽講座教授 **李豐楙**

進入網路電玩遊戲的時代後，重新觀看《山海經》的文字敘述和圖像，就會發現山海圖其實是良好的媒介，將先民和現代人聯繫在一起，同樣都置身於想像的世界，一個充滿創意的文化空間。以前陶淵明喜愛「泛覽山海圖」，後人的註解雖然各有不同的看法，唯從新世代所迷的電玩遊戲來看，就可獲得一個有趣的答案：就是非常世界特別炫奇。古今共同的印象，就是山海世界中所出現的，無論人物、動物乃至無生命物，敘述簡略卻留下了許多想像空間。所以古今繪圖的不同版本，所創造的形象異中有同，這種創意富於民族風格，就像新世代喜愛電玩手遊的泛覽經驗，本地所創的就具有民族氣派。《山海經》的圖像自古以來，經由歷代不同畫家不斷地傳承、創新，各自賦予不同時代的新想像。這些圖本都珍藏於圖書館或藏書家，現在經過現代包裝後公諸於世，這樣的媒介所聯結的，既有古之人和今之人，也有西方之人和東方之人，關鍵就在心同理同，這個理到底是什麼？就是從「常與非常」認識世界的兩個方式。

一——常與非常

古今山海世界的聯結，關鍵就是想要廣泛認識世界的欲望，問題在如何認識？認識的方法為何？面對這部奇書的現代版本，圖像的創意雖然出自古代畫家，但觀看的眼睛卻是現代人的，尤其在電玩世界成長的世代，視覺經驗已經大異於以往，特別注重圖像式思維，優點就是造型、色彩都特別豐富，正因這些現象極其繁富，亟需以簡馭繁、以一見多。故將認識山海世界的方式，綜括為兩個概念：常與非常。這組相對的語言常見於漢語中，反因經常使用而不太受到注意，其實卻能反映古今之人的心同理同處，透過兩種基本形式所認識的，就是兩組圖像交錯的世界。也就是從這一組概念切入，方便進入這部圖像書，一個色彩豐富的想像世界。

所謂「常」的世界就是日常生活所接觸的，這些生物或無生命物都普遍可見，屬於經驗的世界，像膚色、形狀相同的種族、經常見到的動植飛潛、以及常用的林產、礦產之類，常物所構成的，就是人們熟悉的生活世界。在當中生存、活動，讓人感到秩序、安全，經常如此，也就覺得重複、單調，因為實在較少變化。《山海經》原始檔案的資料紀錄者，無論是官員或方士、巫者，其實都優先掌握了人們的心理：常的心、常的理。故整部書中面對常態事物，都採用簡筆扼要敘述，甚至有些只有名字，或簡單的形狀，就像牛、羊等家畜，或常見的林木、礦物。凡熟悉的都只是簡筆帶過，這些都可歸屬於「常」，可說是最常見的第一種筆法，從行文的體例來看，「常」乃認識世界的基本形式。

第二種筆法則是「非常」，就是相對於「常」，凡較少接觸、並非常見的，若要將這些非常物傳達給不認識的，只有一種方式就是選取常物的一部分，而後重新組合、拼裝，所組裝完成的就成為一個全新的形象。如果只是少數幾件就是訓練想像的方式，文明的蒙昧期就像兒童一樣，從近認識遠、從常認識非常。問題在這些非常物被搜羅後，既和常物放在一起，也是聚合許多非常物的一部書，就成為認識世界的奇書。如果手持這本秘笈，就可從熟識的推到不熟悉的，反覆使用這種方式，而且越來越熟練以後，既可從中央認識邊陲，也可反過來從邊緣認識中央。這種交互認識的經驗，古代有種職官將它集中在一起，就形成「常與非常」的經驗世界，從古人到後人都是一種想像力的訓練，何況是今人借此方便與古人交換經驗。

二——非常世界

《山海經》這部古籍如何形成？其實迄今學界仍覺得一團謎，從原始資料如何被採集？到由哪些團體編纂成書、乃至後來流通的方式？在歷史文獻上都有相當分歧的說法，唯一大家承認的，就是《山海經》曾經配合了《山海圖》，就是採用條列式文字，所配合的圖樣就是那些奇形怪狀的，近代曾經發現的楚繒書，就在繒布上圖繪一些圖像，尤其四圍就所繪的，都是奇形怪狀的圖像。所以這部圖、文並茂的圖經，兼具地理與博物的諸般性質，在流傳過程中被視為宗周王朝的檔案，或是楚巫或方士的巫術秘笈；而不同時代也出現各種圖像，流傳至今已經難以掌握，其中到底保存了多少早期的圖像？這樣的問題雖然難以回答，但可確定的就是許多名家曾經參與，在這個繪畫行列中出現了歷代名家，所銘刻的就造成當時人的想像。這樣的古籍顯然不多，雖然後來還有許多旅遊記，都說是域外世界的圖籍，同樣作為熟悉世界的紀錄，也兼具了真實和想像，但是都不像這一部這麼有名。

在這種傳統的作業方式下，《山海圖》所構成的世界，就和《山海經》並非完全相同，而成為以「非常」物為主的圖譜。在圖書史上自成圖書譜系，從手繪而版刻，後來配合印刷技術的進步，發展出不同的彩色套版。這些圖像版本不斷地翻新，後出的越來越精美、考究，成為明、清藏書家的最愛，這些又被匯歸於國家圖書、尤其現代的國家圖書館，成為倍受矚目的珍藏品。基於珍貴圖書的分享觀念，晚近公開出版的圖籍越來越多，可以滿足山海世界的圖像需求。當代流行的原因，既因空間移動所帶動的旅遊圖書，這些藝術也與時並進，表現為多媒體的形式，擴大傳播及於國外，也在互動中豐富了境外、域外的想像；尤其電腦出現後，所繪製的電玩世界愈來愈多，就組合了真實到虛擬實境，也就是常物組合非常物，形成類似山海圖的電腦版趣味，現代電玩家也會從中取材，這樣的創意作品就有了民族風格。

常的世界通常較少神話、故事，相反的，非常世界就有許多神話，可以敘說許多有趣的故事，當時人既已喜聞樂見，後代人也同樣反覆閱讀，其中反映於圖像中的，就銘刻了不同時空的訊息。這個非常世界原本就是條列式，按照古代的方位觀先後編次，有一種說法就是南方的楚國，因為出現了南方為先的觀看視角，和一般從東方開始的觀念不一樣。而從資料本身所反映的，還是未脫離關中本位，就是從中原、中央觀點觀看四境及境外。大塊文化根據繪本重新加以整理出版，在編排次序上則是集中焦點於非常物，就構成了一種非常的世界觀：從歷史神話到異域想像；從地上的異獸到飛、潛的異物，凡有異鳥、水中異物乃至爬蟲異物。編次上從輿圖內到域外，層層向外展開了空間視野，也就從人境到境外、從域內到域外，每個圖像所配合的故事，雖然繁簡不一，所採取的就是向現代人說故事，希望引發泛覽山海的想像之旅。

三——破解之謎

這部奇書到底屬於什麼性質？郝懿行說是宗周王室

的地理檔案，近代學者從新觀點視為博物圖誌，或從巫術立場稱為巫者的秘笈，關鍵都在如何界定為何偏重非常世界？由於古人的目的都在據以辨識神奸，這樣的傳統源遠流長，才會構成圖像的系譜，較古的寶鼎上所刻的奇物圖紋，這種形狀凶惡的圖像有神秘的鎮壓作用；後來持續流傳的秘密圖笈，從巫者之手到方士、道士集團，在早期道經的目錄中，類似山海圖的禹鼎記、白澤圖等，後者後來還遺存於敦煌寶藏中，主要用途就是作為辟邪、防身的法術，就像「登涉術」，表面指登山涉水，其實專指道士入山修煉，隨身攜帶作為保護之用，在森林、溪谷若遭遇奇怪諸物，就根據圖笈所指示的，先要辨識而後破解，得以保護自己的安全。

從巫書到道書形成的系譜，都遵循同一準則：借以辨識異常之物，包括名字、形狀、顏色，並標記使用方法及效應，就像方士、道士登涉山林，遭遇奇怪之物才方便辨識。《山海經、圖》同樣註明異物，最重要的就是名字，都不同於平常所熟悉的：直接標記某名，大多模擬叫聲，這樣的命名方式，都是當地人為了方便辨識。正因為奇特而被認為具有特殊的性能，在運用上主要採取數種方式：一是內服，就是服食、食用後作用於身體，二是外服，服佩、佩戴於身上，作為辟邪、護身物；三是徵兆，就是預示、象徵祥瑞或災禍。這些作用都是根據巫術性思維，就是相信同類可以相感、相治，凡是顏色、聲音、形狀等較為奇特、非常的，基於相互感應、象徵，就可傳達奇特、非常的屬性，而形成「非常剋制或象徵非常」，根據巫術定律稱為「屬性傳達原理」。

從巫者的巫術、方士的方術到道教的法術，彼此雖然有時間、空間的間隔，基本精神卻是前後一致。《山海經》的文字配合《山海圖》的圖像，可說是神秘性圖笈的源頭，流傳的時間既久、層面也最廣，都超出後世的白澤圖一類寫本。從兩種迄今遺存的古老法術，彼此相互對照觀看，這部奇書的神秘知識，就可視為破譯山海世界的密碼。其中最重要的就像知名法術：「我知道你（異物）的名字、或依據形狀我可以辨識你的真相，就可以破解你的秘密，化解凶惡、危險。」這樣隨身帶在身上，無論登涉山林或遠行他方，就不懼怕怪物而受到驚嚇，或出現異象就可辨識吉凶。所以一冊在身，常被認為知識廣博的方術專長，也可只將圖、文隨身視同護身符。古人的生活空間受到限制，凡不認識、不常見的都被認為神聖又神秘，假使這樣的圖文在身，既可隨身攜帶以防萬一，也可隨興泛覽增添樂趣。這些歷來名家勤加彩繪的圖冊，既可欣賞精彩的圖像藝術，如果還有不可思議的魔法效應，就是現代版本《山海經圖鑑》的新價值吧！

流觀山海圖：奇觀妙地，幻象無窮

《妖怪臺灣》作者／臺灣新銳小說家 **何敬堯**

天下之大，無奇不有，怪獸妖禽，龍蛇混遊，這些奇觀怪談，一一詳錄於流傳中國千年的先秦古籍《山海經》。扉頁裡三萬多字，字裡行間皆令讀者嘖嘖稱奇。

猶如天外奇書，《山海經》的內容稀奇怪誕，不只是講述地理山川，更鋪述奇山險地存在何種奇禽魔獸，涉及巫術、宗教、歷史、民俗、風土、礦藏……等等面向。其書作者不詳，或託名大禹、伯益。清代主持編纂《續資治通鑑》的學者畢沅曾說此書：「作於禹益，述於周秦，行於漢，明於晉。」

也因為書中撰述太過玄奇，無論是龍頭人身的計蒙、生有雙翼的三苗國民，或者是人面猴身的貓頭鷹，若鳴則旱災降臨……這些記述都過於天馬行空，不切實際。因此歷年來也有許多學者，試圖從這本曠古奇書中尋找真實世界的蛛絲馬跡，「山海學」蔚然成形。例如中國學者張步天便推論《山經》

極有可能是古人根據歷朝歷代旅踏中原二十多條路線的考察結果而成書，《海經》則專門講述荒遠地域的奇談逸聞。

除了以地理學的方法觀察此書，《山海經》同時也記載了遠古時代各種神話，諸如炎帝和祝融的傳說、鯀偷拿天帝之息壤來堵塞洪水，大禹治水並劃分九州……等等傳奇故事，也是來自於《山海經》的記載。

一——奇妙的圖繪藝術

《山海經》另一項奇異的特徵，便在於與文字相配的圖繪，晉朝詩人陶淵明隱居時曾作《讀山海經》：「泛覽周王傳，流觀山海圖。俯仰終宇宙，不樂復何如。」說明了原本此書附有圖卷，才能「流觀」山海奇圖。可惜，在歷史的軌跡中，原書的山海圖已經佚失，現今已經無法得悉遠古之前的圖繪為何，現今常見的山海經圖繪，均出自於明清以來的畫家重繪。

例如，蔣應鎬在明萬曆年間刊行的《山海經（圖繪全像）》、胡文煥的《山海經圖》、吳任臣在清康熙年間的《山海經廣注》，皆是古樸生動的山海圖繪，不同版本的筆法也各有千秋。蔣應鎬的版本喜將神魔奇獸放置於山川河流之間，增添觀賞趣味，胡文煥的版本則是圖畫與文字並列，線條流暢活潑，而吳任臣的圖本則有一四四幅圖繪，按照神、獸、鳥、蟲、異域來分門別類。除此之外，也有諸多可觀的圖繪，例如汪紱《山海經存》、蔣廷錫《古今圖書集成．博物彙編．神異典》，皆有奇畫異圖。

二——《山海經》在東亞的影響

《山海經》不只是流傳於中國而已，在長久的歲月裡，此書也輾轉傳播於東亞洲各國。例如，從西元七世紀唐代開始，日本就不斷讓遣唐使渡海，學習中華文化與技術，這時候許多典籍也流傳到日本，大約在平安時代，山海經的奇文異說便已經流傳到日本。到了明清時代，這些不可思議的山海圖繪，也流傳至東瀛，在江戶時代蔚為風潮。

江戶時代中期刊行的《唐土訓蒙圖彙》是一部圖繪形式的百科事典，以辭典來編排介紹中國文化圈中流行的各種幻獸異禽，此書便是浮世繪師平住專庵依據《山海經》而製成，讓不識字的婦孺也能依據圖上繪畫了解唐土（中國）的神話傳說。

日本的妖怪傳說，受到中國文化長久而深厚的影響，例如《山海經．南次一經》便紀錄，盛產玉石的青丘山上：「有獸焉，其狀如狐而九尾，其音如嬰兒，能食人，食者不蠱。」流傳於中國的九尾狐傳說，也幻化為日本妖狐的原始形象。並且，經過日本文化長久的在地化，整合之後，成為日本獨特的白面金毛九尾狐。日本的妖狐會以美色誘惑男子，甚至變成人形，化名「玉藻前」，使鳥羽天皇染病，最後只能仰賴陰陽師安倍晴明擒殺之。

除了九尾狐之外，也有許多日本妖怪的源頭是來自於《山海經》，最有名的莫過於「天狗」。在《山海經．西次三經》曾言：「又西三百里，曰陰山。濁浴之水出焉，而南流於番澤。其中多文貝，有獸焉，其狀如狸而白首，名曰天狗，其音如榴榴，可以禦凶。」中國的天狗居住於陰山之上，形狀猶如大山貓，頭部甚至有著銀白色的毛髮，會發出「榴榴」般的叫聲，被視為一種吉獸，可以抵禦凶害。但隨著時間演變，天狗也被指稱為彗星，在《史記》之中，天狗星就被認為是一種凶星，會帶來嚴重的災害。

日本平安時代以降，《山海經》的天狗故事流傳到日本，便開始產生了質變。經過日本幾百年來的在地化之後，才創造出現今「日本天狗」的獨特形象：長鼻子、濃眉紅顏的怪人，有著一雙飛天遁地的大翅膀。

並且，日本天狗也融合了宗教元素，將佛教的教義混入了天狗的傳說當中。據說只要是生前心地善良的僧人，多積功德，轉生之後就會變成「善天狗」。在平安時代的書籍《今昔物語集》中，則說明天狗會幻化為僧人、聖人的形象。在江戶時代刊行的《天狗經》書中則說，日本全國山林，棲息著十二萬五千五百隻天狗。這些天狗包含了鞍馬天狗、鴉天狗、鼻高天狗、木葉天狗等等種類，並且擁有各種奇異的超能力，像是能讓身影消失，或者是抱住一個人瞬間移動，甚至使用天狗扇捲起狂風。最著名的傳說，則是「神隱」，據說小孩子如果無故失蹤，則是被天狗給擄走。

至於臺灣，屬於海島移民社會，承襲了一部分漢人文化，民間社會當然也有天狗的獨特說法。民俗相信，每個人都有獨特的流年運勢，若是當年命中犯煞，有「犯天狗星」的危機，則必須要除魅消災。用來祭煞改運的外方紙錢，則是「天狗錢」，用來祭外方，除去天狗犯煞的危機。這種紙錢會印上一隻大狗的造型，在雲朵之上顧盼四望，神采奕奕。「天狗錢」的圖形古樸風趣，充滿想像力，是臺灣民俗裡十分獨特的民間版畫藝術。

一個名詞，不同解釋。不論是九尾狐或者是天狗，都顯現出《山海經》的文化影響，並非只局限於一隅，而是能夠淵遠流長，在不同的地域生根發芽、茁長，展現出截然不同的有趣風貌。

三——《山海經》的幻想啟發

婆娑世界，奇思幻境，任何不可思議的想像都能在

《山海經》中尋覓一二。因此，《山海經》也成為當代幻想文學中的靈感寶泉，乃是中國文化不可多得的珍本寶書。

不過，我們又該如何以當代的視角來觀看這本奇書呢？

歷代學者無不絞盡腦汁，從地理學、神話學、人種學的方式來解釋《山海經》中的奇人異獸、奇國異俗的存在，甚至是以「美食考」的觀點，重新審視書中對於各種奇禽異獸的食用方法；每當《山海經》描述各種怪獸形體、產地之後，總會在最後補述這種怪獸食用之後，會獲得何種能力，或者能夠治癒何種疑難雜症。

不同的立場、觀點，都能賦予《山海經》新的意義。一個故事由一個人講述，則只是一個故事，由兩個人講述則會是兩種截然不同的故事，若由三個人以上來講述，則會成就千千萬萬不同風采的奇異故事。因此，《山海經》在不同朝代學者的解剖、不同畫家的筆下，便有了許多相異的面貌，甚至流傳於他國之後，也會再次轉變、蛻化為另一種全新的形體。

對於現代人而言，這本古書中諸多怪誕詭異的描述，其實也能成為一種激發想像力的創作元素。在二〇一六年上映的中國動畫電影《大魚海棠》便採取《山海經》作為靈感，讓書中六足四翅的「帝江」在動畫中現身。而在臺灣的金光布袋戲連續劇《天地風雲錄》裡的魔界，也採取了《山海經》的奇異世界觀，讓書中的「燭龍」化身為睥睨一方的魔王，豐富了劇情的厚度。

故事的流轉，倚仗於人們的口說傳述，只要人們仍舊對於幻想的世界充滿渴望，相信《山海經》的奇文異圖，仍舊會在後世持續流傳，幻思不歇。

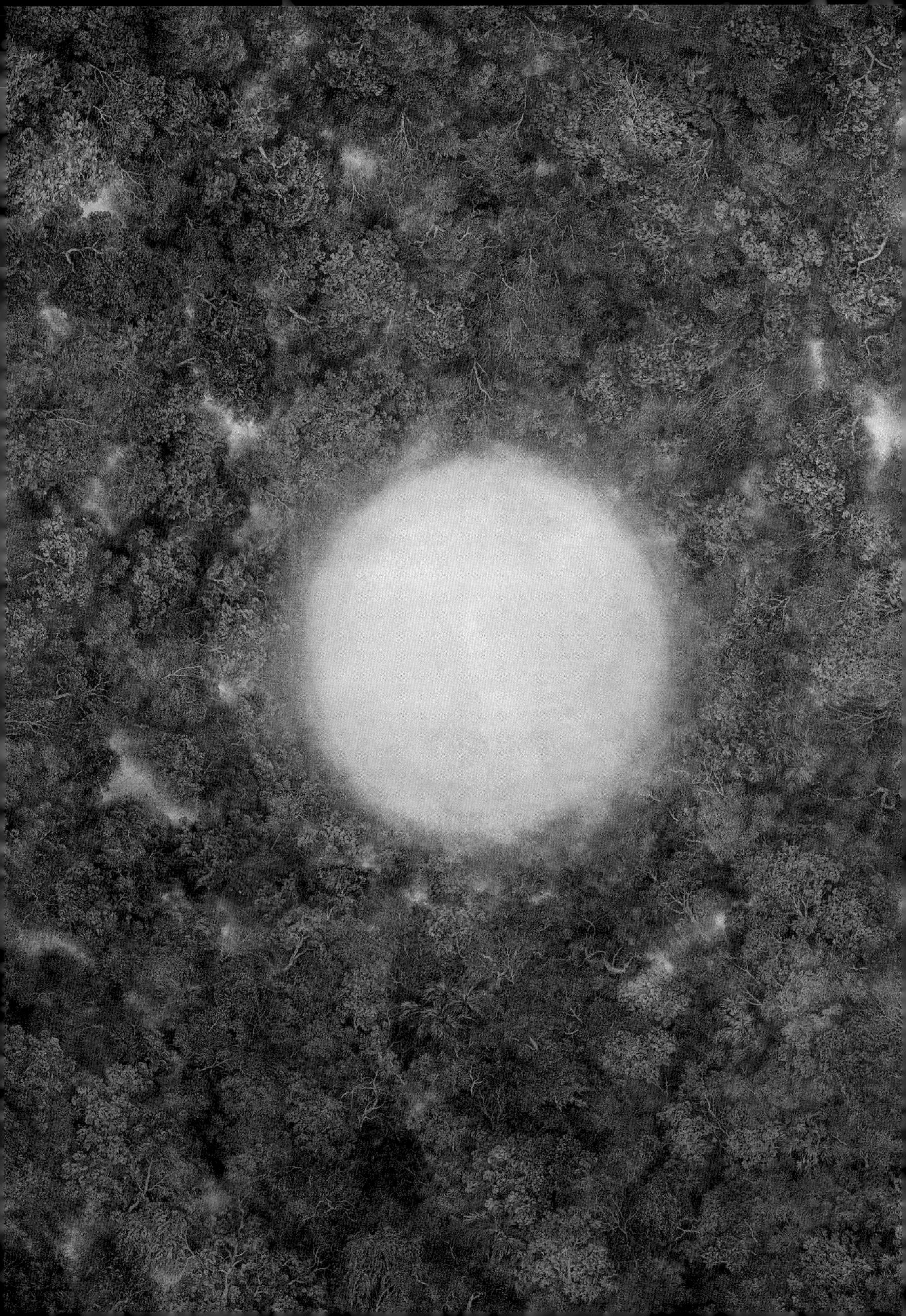

夏后啓

xià hòu qǐ

《海外西經》

大樂之野，
夏后啟於此儛九代；
乘兩龍，雲蓋三層。
左手操翳，右手操環，佩玉璜。
在大運山北。
一日大遺之野。

啟是夏朝開國君王禹的兒子，由於啟的母親塗山氏女嬌和禹分屬不同的部族，使得啟即位的過程很是曲折，不但牽涉部族之間的權力紛爭，還引發了戰爭。啟的王位經過了八年才底定，第九年才舉行祭天大典。

《山海經》中的《大荒西經》和《海外西經》都描述了啟的形象和事蹟。《海外西經》說他在大樂野這個地方演繹《九代》樂舞，駕著兩條龍，飛騰在雲霧之間，左手握著羽幢，右手拿著玉環，腰間佩掛著玉璜。羽幢是以鳥羽裝飾的旗幡，玉璜是弧形片狀的玉器飾品。啟的整體裝扮是祭天的形象，《九代》也有說是九韶，是天子祭天的樂舞。

南方祝融

nán fang zhù róng

《海外南經》

南方祝融，獸身人面，乘兩龍。

《山海經》記載，祝融是炎帝的後裔，炎帝就是神農氏，其部族原本居住於姜水之濱，與黃帝的部族爭奪中原，失敗後才遷往南方。

祝融司管南方，是南方先民擁戴的主神，被楚人視為先祖，也被很多南方民族視為祖先。根據《史記》記載，祝融是顓頊的孫子，名叫吳回，曾做過掌管火的官，死後成了火神，中國民間稱祝融為火神即由此而來。祝融原為山東、河南一帶的信仰，後來隨著部族的遷移，向湖北、湖南傳佈，成為南方的方位之神。

《海內經》中記載，禹的父親鯀為了治水，私自偷取天帝的息壤來阻擋洪水。天帝大怒，於是派火神祝融在羽山之郊處死鯀。鯀死後化為三足鱉，禹就從鯀的腹中誕生，繼續其父的未竟之業。

皷 gǔ

《西次三經》

又西北四百二十里，曰鍾山，其子曰皷，其狀如人面而龍身。是與欽䲹殺葆江於崑崙之陽，帝乃戮之鍾山之東曰瑤崖。欽䲹化為大鶚，其狀如雕而黑文白首，赤喙而虎爪，其音如晨鵠，見則有大兵。皷亦化為鵕鳥，其狀如鴟，赤足而直喙，黃文而白首，其音如鵠，見則其邑大旱。

《西次三經》記載，皷是鍾山山神燭陰（燭龍）的兒子，有著人的面孔和龍的身體，燭龍則是人面蛇身。傳說當時天神之間常有紛爭，有一次皷和天神欽䲹合謀，在崑崙山東南殺死了名為葆江（又名祖江）的天神。天帝知道後大為震怒，下令將他們處死於鍾山東邊的瑤崖。

欽䲹死後化為大鶚，是一隻有白色腦袋、身上有黑色紋路的大鵰，紅色的嘴巴，老虎般的爪子，叫聲像晨鵠，一出現就會有兵亂。皷死後則化為鵕鳥，形狀像鷂鷹，有著紅色的腳和直直的嘴，白色的頭，身上有黃色斑紋，聲音也像鵠，相傳一出現就會有旱災。

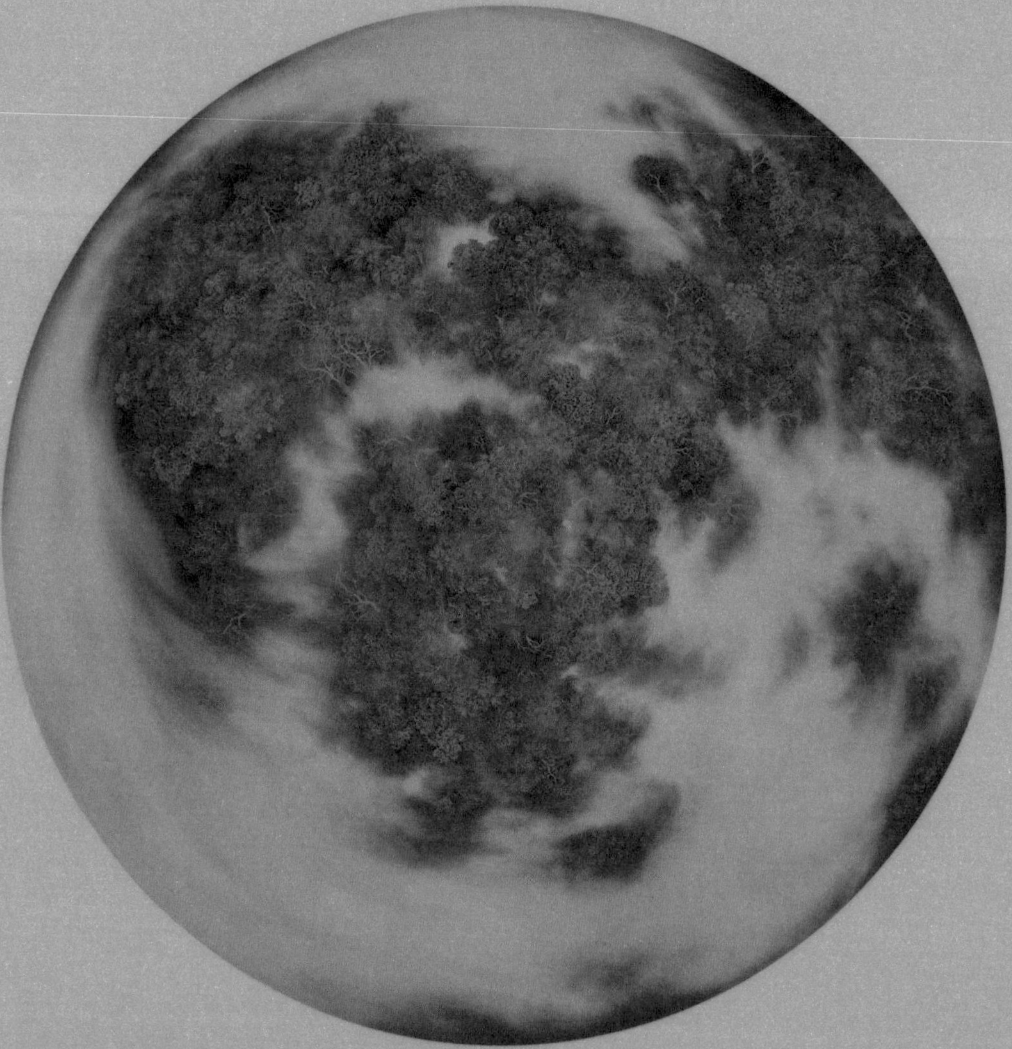

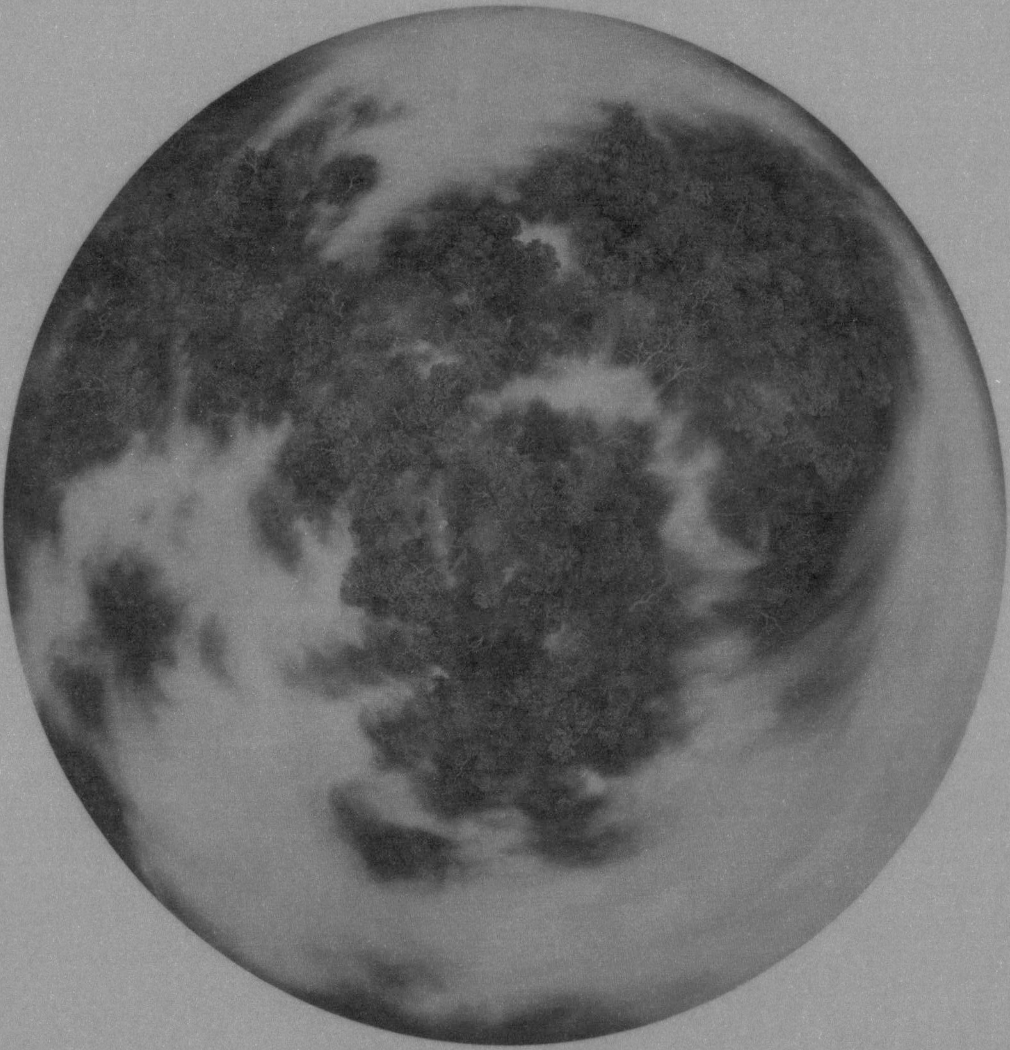

夸父

kuā fù

《大荒北經》

大荒之中，有山名曰成都載天。
有人珥兩黃蛇，把兩黃蛇，名曰夸父。
后土生信，信生夸父。
夸父不量力，欲追日景，逮之於禺谷。
將飲河而不足也，
將走大澤，未至，死於此。

北方有個巨人族叫夸父族，祖先是掌管幽冥地獄的后土，夸父即是后土的孫子。夸父的部族屬於北方蛇圖騰區域，所以《大荒北經》中夸父的形象是：兩耳以黃蛇裝飾，兩手則握著粗大的黃蛇。

傳說夸父每天看著太陽起落，遂生好奇之心，想看看太陽從何而來，便自不量力的想要追逐太陽。太陽一升起，夸父便大步追趕，一直追到禹谷。眼看就要追上了，誰知太陽一下子便沉入谷中。這時夸父覺得乾渴難耐，便俯身一口氣把黃河、渭水全都喝乾了。但還是解不了渴，他想起北方有個大澤，於是便向北跑。但他實在是太累了，還未到達目的地就倒地而死，臨死前他把手中的蛇杖奮力一擲，蛇杖落地後，化為一片桃林，樹上鮮桃累累，又稱為鄧林。

英招 yīng zhāo

《西次三經》

槐江之山，實惟帝之平圃，神英招司之，其狀馬身而人面，虎文而鳥翼，徇於四海，其音如榴。

《山海經》與楚國的巫祝集團有密切關係。溯其源頭，黃帝、炎帝都發源於西北高原地帶，雖然後來東遷，佔據了中原河洛一帶，發展了融合性的文化，但還是懷念西北故居。因此《中山經》的地形敘述詳細，諸神的祭儀最為完備，而神話敘述仍以西方最為豐富、生動。

《西山經》出現的圖騰神，其中的一山一神，都有著獨自的名號與形象。相傳槐江之山為天帝（黃帝）的平圃（天神的居所），是由天神英招所管轄，其外形是馬的身體、人的面孔、虎紋鳥翼，常常巡遊四海，傳達天帝的旨意，發出榴榴的聲音。

陸吾

lù wú

《西次三經》

西南四百里，曰崑崙之丘，

是實惟帝之下都，神陸吾司之。

其神狀虎身而九尾，人面而虎爪。

是神也，司天之九部及帝之囿時。

中國上古流傳的神話中，很多都與崑崙山有關，所以素有第一神山之稱。傳說崑崙山一共有三位山神，分別是《西次三經》中的陸吾，《海內西經》中的開明獸，和《大荒西經》中的人面虎。

黃帝、炎帝的部族原本都起源於西北高原，之後才逐漸往東南遷移。崑崙山是天帝在下界的都邑，也是遊樂的行宮，是黃帝祭天的聖山，而陸吾即是掌管崑崙山的天神。

《西次三經》記載，人面虎身有九條尾巴的陸吾，除了管理天帝的都城，還兼管天上九大部洲及天帝的苑囿（古代畜養禽獸的園林）。《海內西經》說：有九個人首、老虎身子的開明獸，和人首、虎身、九尾的陸吾似有關聯。當代神話學者袁珂則認為，陸吾就是開明獸。

帝江 dì jiāng

《西次三經》

又西三百五十里，曰天山，多金玉，有青雄黃。英水出焉，而西南流注於湯谷。有神焉，其狀如黃囊，赤如丹火，六足四翼，渾敦無面目，是識歌舞，實為帝江也。

天山的山神、也是原始先民的歌舞之神帝江，造型非常奇特。

《西次三經》說：西方的天山有一位神祇，外型像個黃色袋子，而且紅得像一團火，有六隻腳，四個翅膀，沒有耳目口鼻，卻精通唱歌跳舞，名字叫帝江。

但在其他古書上，帝江則有另外一個名字「混沌」。明代胡文煥在《山海經圖》說：「天山有神，形狀如皮囊，背上赤黃如火，六足四翼，混沌無面目。自識歌舞，名曰帝江。」《莊子》中記載了莊子敘述「七竅出而渾沌死」的故事：說渾沌沒有眼耳口鼻等七竅，形象頗接近《山海經》中的帝江。

神 shén 魄 huī

《西次四經》——

又西百二十里，曰剛山，多柒木，多㻬琈之玉。剛水出焉，北流注於渭，是多神䰠，其狀人面獸身，一足一手，其音如欽。

中原民族曾經歷過悠長的狩獵與採集時期，人們與周遭的自然物種，因長期密切接觸而建立了神祕的關係，於是在神話中將它塑造成與部族有特殊關係的圖騰神物。《山海經》中關於神的造型及其祭儀，與中原文化及其圖騰關係密切，其中有許多圖騰神物，形象多屬於半人半獸或是異獸合體，不完全出於虛構。

《西次四經》記載，從陰山往西一百二十里就是剛山（今蘭州東方），山上有許多漆樹，盛產㻬琈玉。剛水發源於此，往北注入渭水。這裡有許多名為神䰠的神獸，有著人的面孔、野獸的身體，只有一隻手和一隻腳，發出的聲音就像人在呻吟。

泰逢

tài féng

《中次三經》

又東二十里，曰和山，
其上無草木而多瑤、碧，
實惟河之九都。
是山也五曲，九水出焉，
合而北流注於河，其中多蒼玉。
吉神泰逢司之，其狀如人而虎尾，
是好居於萯山之陽，出入有光。
泰逢神動天地氣也。

《中山經》的圖騰神多為一山的主神，因為地處南、西、北、東匯聚的中間地帶，往來頻繁，文化交流較多，部族之間的遷徙、迫遷的情形也最常見，所以在圖騰神物的信仰上，形成了不同圖騰交會參雜的情形。

《中次三經》中敘述，現今洛陽北方有座和山，山上沒有花草樹木，但出產美玉。和山的主神叫泰逢，雖有人的形貌，身後卻拖著一條老虎尾巴，喜歡居住在萯山向陽的南麓。出入時，周圍還會出現閃爍的光芒。郭璞的《山海經注》說：泰逢的神力能動天地之氣，其變幻莫測的法力，曾經使夏朝的君主孔甲迷路。

驕蟲 jiāo chóng

《中次六經》

縞羝山之首，曰平逢之山，南望伊洛，東望穀城之山，無草木，無水，多沙石。有神焉，其狀如人而二首，名曰驕蟲，是為螫蟲，實惟蜂蜜之廬。其祠之，用一雄雞，禳而勿殺。

《山海經》有許多與禽鳥走獸有關的神祇，但與昆蟲有關的大概只有驕蟲。

《中次六經》說：在洛陽北方黃河邊有座平逢山（今洛陽北方的北邙山），全是沙子和石頭，既沒花草樹木，也沒有水。山上的神外型像人，但長了兩顆頭顱，名為驕蟲，是所有能螫人的昆蟲的首領。因此這座山成了各種蜂類築巢的地方。祭祀驕蟲必須用雄雞當祭品，不必宰殺，祭祀祈禱完即可放掉牠。

相傳黃帝的孫子顓頊與炎帝的後代共工，為了爭奪最高統治權，在中原地區爭戰。驕蟲帶領毒蜂、毒蠍由平逢山趕來助陣，打敗了共工。另有一說是：上古時期的洛陽平逢山、嵩縣一帶，有個以蜂為圖騰的部族，叫有蟜氏，是黃帝母親的部族。

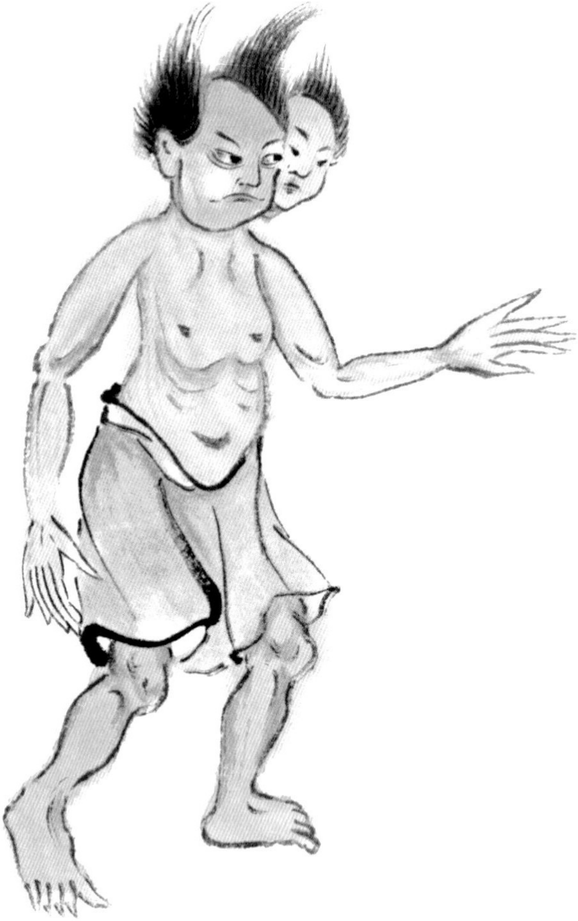

天吳 tiān wú

《海外東經》——

朝陽之谷，神曰天吳，是為水伯。在䖵䖵北兩水間。其為獸也，八首人面，八足八尾，皆青黃。

古時中國人的活動區域以黃河流域為主，部族沿河遷徙，足跡遍及河流的上下游，直到波濤澎拜的大海。因此水神傳說也隨之流傳於大河兩岸，以及附近的川澤。《山海經》所記錄的只是一小部分，但已足夠證明中原部族的生活，除了蘊含豐富的想像力，也表現出對於大自然的敬畏之情。

《海外東經》記載，東方濱海之地流傳著水伯天吳的神話，這是一則早期型態的水神神話，反映當地的圖騰神物。相傳在大荒的東方，有座朝陽之谷，谷中居住的神就是天吳，為掌水之神。天吳是半神半人的怪物，長著八個腦袋、八隻腳、八條尾巴，還配上老虎的身子，毛色青裡帶黃。

計蒙 jì méng

《中次八經》

又東百三十里，曰光山，其上多碧，其下多木。神計蒙處之，其狀人身而龍首，恒游於漳淵，出入必有飄風暴雨。

現今河南省光山縣附近，有一座山名為光山，山上盛產碧玉，山下有許多樹木。天神計蒙居住於此，外型是人身龍頭，常游弋於漳水的深淵中，出入時會有狂風暴雨。

計蒙是古代漢族神話中的司雨之神，亦名雨師。造型為龍頭、人身、鳥爪，臂上有羽毛，揮臂張口時會噴霧致雨。民間傳說中的龍王形象，或許就是從計蒙衍伸而來。

相傳顓頊與共工大戰時，計蒙就挾著疾風驟雨，由光山趕來幫助顓頊。

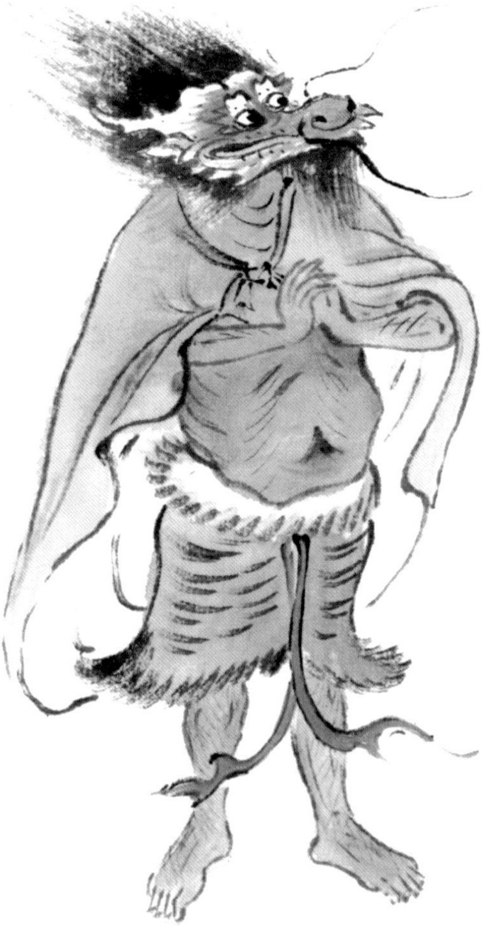

形天 xíng tiān

《海外西經》

形天與帝爭神，帝斷其首，葬之常羊之山。乃以乳為目，以臍為口，操干戚以舞。

古代人對於凶死或無辜致死的人或神祇，常會產生特殊的同情，尤其對一些具有神格身份的神，常想像他們能夠復活，大多經過變化形體，而產生奇形怪狀的形象。《山海經》中最為奇特的神尸，應該是形天。

相傳炎帝被黃帝打敗之後，形天便跟隨炎帝定居南方。當時蚩尤起兵復仇，卻被黃帝弭平，形天一怒之下便向黃帝宣戰，最後不敵，被黃帝用劍斬去了頭顱。黃帝為免形天復活，就把他的頭顱埋在常羊山。沒了頭的形天，並沒有因此死去，反而把胸前的兩個乳頭當做眼睛，把肚臍當成嘴巴；左手握盾，右手拿斧，繼續舞動。

陶淵明在〈讀山海經十三首〉中說：「形天舞干戚，猛志固常在。」即是讚頌形天雖然失敗卻仍奮戰不已的精神。

蓐收 rù shōu

《西次三經》

泑山，神蓐收居之。
其上多嬰短之玉，其陽多瑾瑜之玉，
其陰多青雄黃。
是山也，西望日之所入，
其氣員，神紅光之所司也。

《山海經》記載了大量與山川河海、鳥獸蟲魚、樹木花草有關的神祇，另外還有跟自然現象有關的神話人物，除了日月星辰、風雷雨雪之外，還有比較地域性的神話，例如住在泑山的蓐收。

《山海經》有兩個地方提到蓐收。《西次三經》說：蓐收住在泑山（今阿爾金山山脈南段附近），山上盛產玉石，山北產石青和雄黃。從泑山向西望，可以看到太陽落下的情景，蓐收就負責觀測太陽西下時霞光是否正常，因此被視為西方之神。即是觀測落日的方位、氣象等，應該與天文曆算有關。

《海外西經》描述蓐收的形貌為：「西方蓐收，左耳有蛇，乘兩龍。」說祂的左耳掛著一條蛇，駕著兩條龍四處飛行。

燭陰 zhú yīn

《海外北經》

鍾山之神，名曰燭陰，
視為晝，瞑為夜，吹為冬，呼為夏；
不飲，不食，不息，息為風。
身長千里。在無䏿之東。
其為物，人面蛇身，赤色，
居鍾山下。

掌管晝夜四季的天神燭陰，為鍾山（今呂梁山脈東側）的主神，有著人的臉，蛇的身子，身體通紅，長達一千里，就居住在鍾山之下。祂的眼睛很特別，只要睜開眼睛，世界就成了白晝，閉上眼睛，就是黑夜。吹一口氣，則風雲變幻，就成了冬天，呼口氣，又變成了夏天。平時蜷伏著，可以不吃不喝，不睡覺也不呼吸，但只要一呼吸就形成一陣風。其住處在無䏿國（陝西白水縣東北）的東方。

《大荒北經》提到的燭龍，形象與燭陰類似，也掌管晝夜四季等自然現象。

相柳 xiāng liǔ

《海外北經》

相柳者，九首人面，蛇身而青。不敢北射，畏共工之臺。臺在其東。臺四方，隅有一蛇，虎色，首衝南方。

帝舜之時，原本被顓頊打敗的水神共工再度復出，帶來了一場大災難。負責治水的部落首領禹，率領黃帝的部落，與共工展開了一場激戰。相柳即是共工的臣屬。

《海外北經》描述相柳的形象與事蹟說：牠有人的臉孔、青色的蛇身，且有九個頭，各自吃掉九座山上的食物。由於性情殘暴貪婪，所到之處都被挖掘成水澤、溪谷。傳說大禹殺了相柳後，從九個頭流出腥臭的血液，氣味難聞，流經的地方無法種植五穀。大禹於是掘土堰塞，但掘好了卻一再地塌陷，沒有辦法，只得闢成一個深池，把挖掘出來的泥土為眾帝修造了帝臺，稱作眾帝臺。這個高臺位於崑崙山的北面、柔利國的東邊。帝臺四個角，各有一條虎斑花紋的巨蛇，蛇頭向著南方。相傳射箭的人都不敢射向北方，即因敬畏之故。

奢比

shē bǐ

《海外東經》

大人國在其北，為人大，坐而削船。一日在䞫丘北。

奢比之尸在其北，獸身、人面、大耳，珥兩青蛇。

古時對於非自然死亡的人或神，常常又敬又畏，類似這種神格的神尸在《山海經》中有好幾個。這些人獸合形的神尸，應該也與圖騰神物或多或少有關。

其中最著名的就是奢比。《海外東經》描述的奢比：有野獸的身子，人的臉，有趣的是，祂長了一對狗耳朵，耳上穿孔，掛著兩條青蛇。

周策縱在他的論文中（〈中國古代的巫醫與祭祀、歷史、樂舞及詩的關係〉），懷疑奢比是否就是希臘醫神「阿斯克勒庇厄斯」（Asclepius），尤其是埃及化身「塞拉比斯」（Serapis）的譯名，為醫藥之神，且有蛇的形象。

𪍈圍

tuó wéi

《中次八經》

又東北百五十里，
曰驕山，其上多玉，
其下多青雘，
其木多松柏，多桃枝鉤端。
神𪍈圍處之，
其狀如人面，羊角虎爪，
恆游於睢漳之淵，出入有光。

《中次八經》記載，荊山東北一百五十里有座驕山，即今湖北的紫山。山上有許多玉石，山下產一種青色的礦物青雘（可做顏料塗飾用的石青、白青）。驕山上的植物，以松樹柏樹居多，另有桃枝和鉤端這類灌木交錯生長。山上的神叫作𪍈圍，有著人的臉孔，卻有羊的角和老虎的爪子，常在睢水和漳水的深淵中游來游去，出入時身上還會發出光芒。

九鳳 Jiǔ fèng

《大荒北經》

大荒之中，有山名日北極天櫃，海水北注焉。有神，九首人面鳥身，名日九鳳。

《山海經》中許多東方的部落，是以鳥為圖騰，通常都會表現在所膜拜的神衹的外形上，大多為鳥首人身或人首鳥身。

九鳳是有九個人臉的鳥神，生活在大荒之中、北海之濱的「北極天櫃」一帶，祂是一種當地人崇拜的鳥神，長著九個人臉的頭，頸部以下則是鳥的身子。

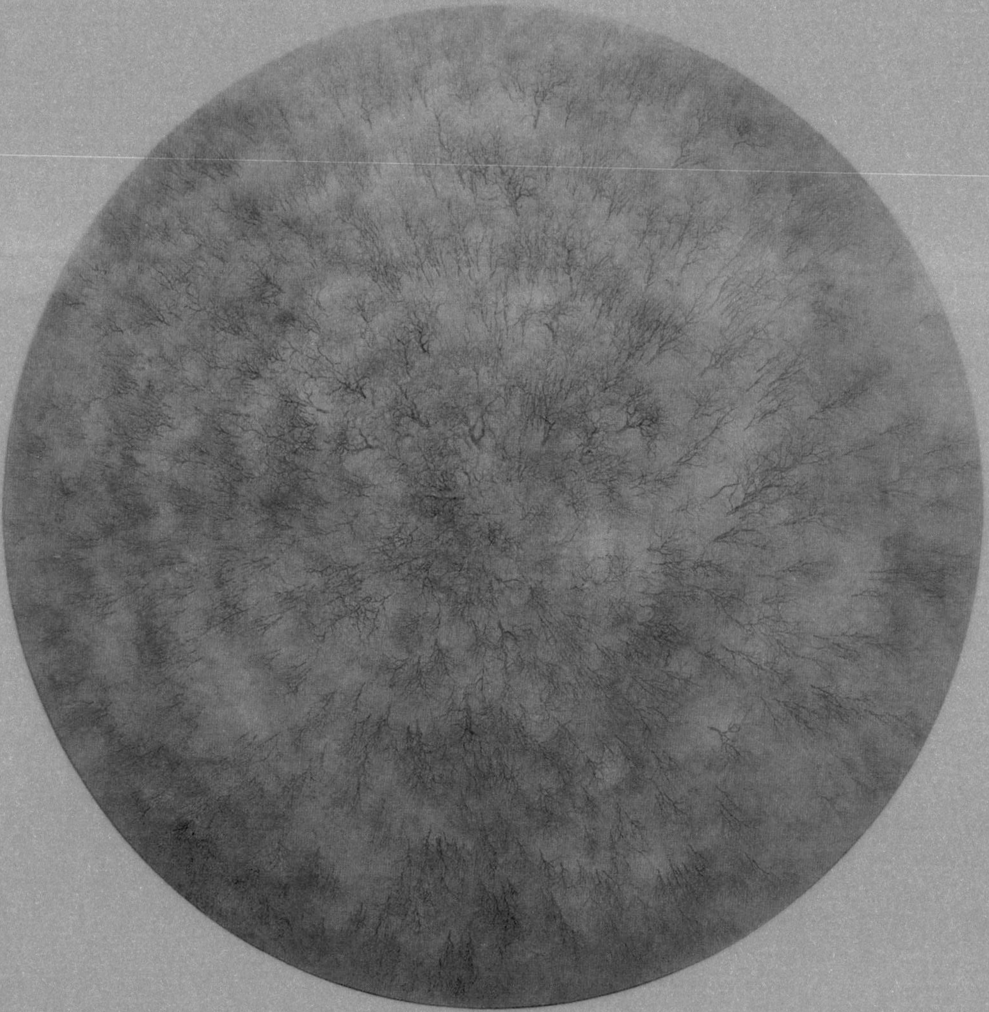

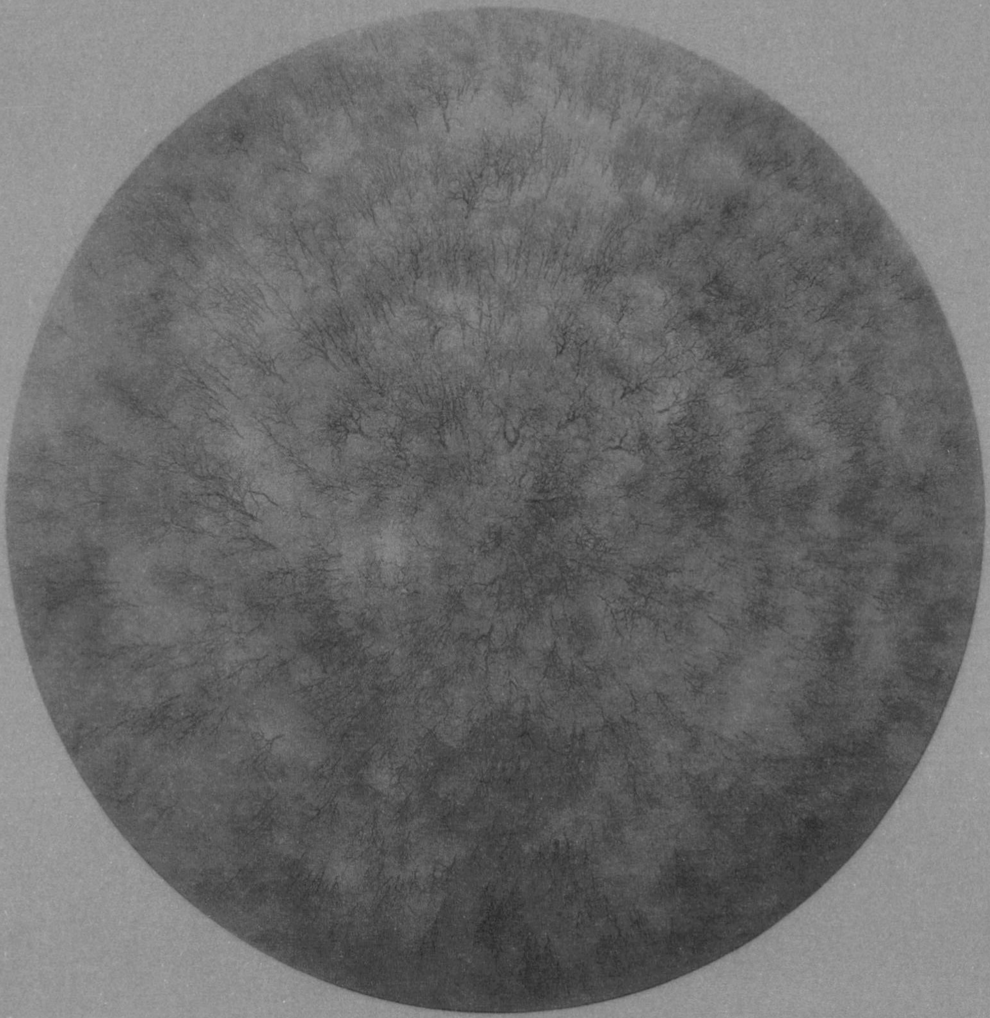

貳負之臣

èr fù zhī chén

《海外東經》

貳負之臣曰危，危與貳負殺窫窳。帝乃梏之疏屬之山，桎其右足，反縛兩手與髮，繫之山上木。在開題西北。

《海內西經》記載，開題國的西北方有一座山，山上的神是蛇身人臉的貳負，祂有個名叫危的臣子。危的心術不正，說動主人合謀殺死另一個也是蛇身人臉的天神窫窳。黃帝知道後，捉了主謀者危，將他綑綁在西方的疏屬之山上，用枷銬住他的右腳，反綁他的雙手，還將頭髮繫在反綁的雙手上，再緊緊地捆縛在山上的大樹，以示懲罰罪刑。

漢宣帝時派人在上郡挖掘磐石，在石室中發現一幅圖像，畫著一個人裸身披髮反縛，且銬著一隻腳。當時博覽群書的劉向說：這就是山海經中的「貳負之臣」。

《海內經》也記載，北海之內有個反綁的「常倍之臣」，帶著刑械，身上帶戈，名叫「相顧之尸」，大概也是貳負之臣一類吧！

雷神 léi shén

《海內東經》

雷澤中有雷神，龍身而人頭，鼓其腹。在吳西。

《海內東經》記載，雷澤中的主神是雷神，又是雷獸，是個龍身人頭、半人半獸的天神，常會無憂無慮地拍打自己的肚子，發出轟鳴的巨響。據《漢書・地理志》考證，雷澤大約位於現在山東荷澤市東北。

伏羲出生的傳說也和雷神有關。華胥之國為人間樂園，樂園中的聖女到雷澤出遊，按照當時的求子儀式，用腳去接觸神尸舞蹈的腳印。沒想到一觸之後，身體就受了感動，後來懷孕生下了伏羲。那個腳印，據說就是雷神留下的，因而伏羲與雷神似有淵源，也是人首龍身或人首蛇身的形象。

雨師妾 yǔ shī qiè

《海外東經》

雨師妾國在其北，
其為人黑，兩手各操一蛇，
左耳有青蛇，右耳有赤蛇。
一日在十日北，
為人黑身人面，各操一龜。

關於雨師妾有兩種詮釋；一是指雨師妾族，相傳這個部族位於黑齒國和玄股國之間，是一個崇拜雨神的部落。族中之人渾身黑色，兩隻手各拿著一條蛇，左耳還掛著一條青蛇，右耳掛著一條紅蛇，是一個與蛇共生的部族。

另一個說法是指雨師屏翳，其形象是黑色的身子，人的臉，手裡各握一隻烏龜。

雨師屏翳又名萍翳、萍號，傳說雨師只要一呼號，就會風起雲湧，雲起而雨下，所以雲、雨常常有關聯，興雲致雨雷鳴，都是自然界的各種天象。

彊良 qiáng liáng

《大荒北經》

大荒之中，
有山名曰北極天櫃，
海水北注焉。
有神，九首人面鳥身，
名曰九鳳。
又有神，銜蛇操蛇。
其狀虎首人身，
四蹄長肘，名曰彊良。

《山海經》描述許多圖騰神物，顯然並非完全是原始部落與圖騰神物的關係，因為許多圖騰神物是由兩種或兩種以上的動物所組成，神話學家稱之為「聯合圖騰」或「綜合圖騰」。彊良就屬於這一類。

在北海之南，大荒之中，有座山叫北極天櫃（大約在鄂霍次克海附近），海水北注，冰川長年不溶。彊良就是居住於北極天櫃的異獸，又稱為強良，其形象為虎首人身，四肢有蹄，前肢特別長，口中還銜著蛇。

羽民國

yǔ mín guó

《海外南經》

羽民國在其東南，其為人長頭，身生羽。一日在比翼鳥東南，其為人長頰。

《山海經》的海經部分，記錄了許多邊疆民族地域，習慣上稱為「國」或「民」，他們的形貌大多奇形怪狀，常帶有奇特的神話和特殊的造型。大概是因邊疆部落的圖騰神物或服飾習慣，以及體格特徵等，後經誤傳誇大所織綴形成的。

《海外南經》記載，羽民國位於中國海外的東南方，那裡的人有著長長的腦袋（臉頰長），頭髮是白的，眼睛是紅的，有著鳥嘴，全身長滿羽毛，背上長著鳥的翅膀；他們能夠飛翔但卻飛不遠。羽民國中有一種羽毛五彩的鸞鳥，所生的蛋就是羽民的食物。

漢代壁畫常看到長著羽翼的仙人，後世的神仙形象也常有長頭顱的造型，應該是以羽民為原始雛型吧！

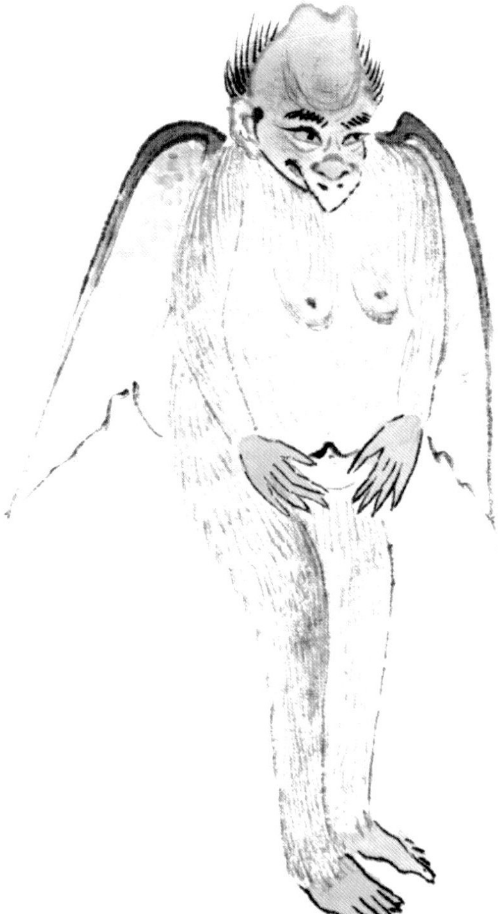

讙頭國

huān tóu guó

《海外南經》

讙頭國在其南。其為人，人面有翼，鳥喙，方捕魚。一日在畢方東，或曰讙朱國。

讙頭國又稱讙朱國，在羽民國東南方。讙頭國民的長相是人的臉型，卻有鳥的尖嘴，背上有一對翅膀，但卻沒法飛，常用兩手扶著翅膀走路，也常到海中捕捉魚蝦。

讙頭國大概是鳥圖騰的部落，居住於近海，以捕魚為生，此外也食用芑、苣、穋、楊等穀物。

郭璞在《山海經注》說：讙頭原是堯的臣子，因為叛亂兵敗，自覺有罪，就跳南海自殺。堯帝覺得可憐，命他的兒子居於南海，並加以奉祀，後來繁衍了子孫，就是讙頭國。另有傳說：鯀的妻子士敬生了炎融，炎融又生了讙頭。

厭火國

yàn huǒ guó

《海外南經》

厭火國在其國南。獸身黑色，生火出其口中。一日在讙朱東。

海外的遠方異國，其原始形式應該是《山海經》與《山海圖》配合著流傳。圖形應以圖騰神物為原型，後世傳說卻又添加了許多創造與想像。

《海外南經》所記錄的諸國，位於中國海外的南方。從讙頭國往南走，或說往東走，便是厭火國，也有一說是裸民國。這裡的人皮膚黝黑，身形像獼猴，能從嘴裡吐出火來。傳說他們以火碳為食，所以能吐火。

貫胸國

guàn xiōng guó

《海外南經》

貫胸國在其東，其為人胸有竅。一日在载國東。

貫胸國的人長得非常奇特，胸前都有一個貫穿的圓洞。

根據《博物志》記載，夏禹治水時，在會稽山上舉行盛大的集會，匯聚天下群神，但防風氏遲到了，禹就把他給殺了。禹統一天下後，氣勢極盛，因此天上降下兩條神龍，禹命范成光駕龍巡行天下，宣揚德威。回程路經南海，防風氏的兩個臣子因君王被殺，憤恨難消，見到禹的使者前來，就怒氣沖沖的拉滿弓弦射過去。但聽得迅風雷雨，兩條龍突然騰空飛升而去。這兩位臣子心中惶恐，便自己用刀刺穿心口死了。禹哀憫他們的愚忠，派人拔下刀刃，又敷上不死之草，幫他們療傷，自此他們的後裔都在胸口留下圓圓的洞。

此圖描繪貫胸國的人出門時，用竹竿自胸前貫穿，抬著便走，這倒是貫胸國才有的獨特景象。

交脛國

jiāo jìng guó

《海外南經》

交脛國在其東，其為大交脛。一日在穿胸東。

貫胸國的東方是交脛國，也稱交股國、交股民。他們個子不高，身材約四尺左右，身上有毛，兩隻小腿彎曲交叉，躺下後無法自行站起來，必須得靠旁人扶持。走路時，因腳無法伸直而一拐一拐的，模樣很怪。

郭璞認為交脛國就是交趾。交趾曾是中國的屬地，泛指現在的越南北部。

三首國

sān shǒu guó

《海外南經》

三首國在其東，
其為人一身三首。
一曰在鑿齒東。

《海外南經》記載，三首國位於極東方，在鑿齒國東邊。只有一個身子，卻有三個腦袋。《海內南經》裡也有三頭人：「服常樹，其上有三頭人，伺琅玕樹。」是說有一種服常樹，上面有個長著三個頭的人，靜靜地伺機等待在琅玕樹旁，因為相傳琅玕樹上能長出珠玉果實。

郭璞在《山海經．圖贊》說：這三個頭的五官是相通的。呼吸時，每個鼻孔會同時迸出氣來；一個頭上的眼睛看到東西，其他兩個頭的眼睛也同時能看見。而一個嘴巴吃了東西，另外兩張嘴就不會再想吃東西了。

長臂國

cháng bì guói

《海外南經》

長臂國在其東，捕魚水中，兩手各操一魚。一日在焦饒東，捕魚海中。

長臂國裡的人，都有很長的手臂，有說垂到地面，或有三丈長，他們常到海中用長長的手臂捕魚。《山海圖》裡就畫著一個長臂人，兩隻手各捉著一尾鮮蹦活跳的魚，模樣挺滑稽的，象徵他們是海邊捕魚為生的部落。

《大荒南經》說：有個人名叫張弘，在海上捕魚，海上有座島叫張弘國，郭璞認為那就是長臂國。張弘國的人以魚為主食，還能使喚四種野獸。

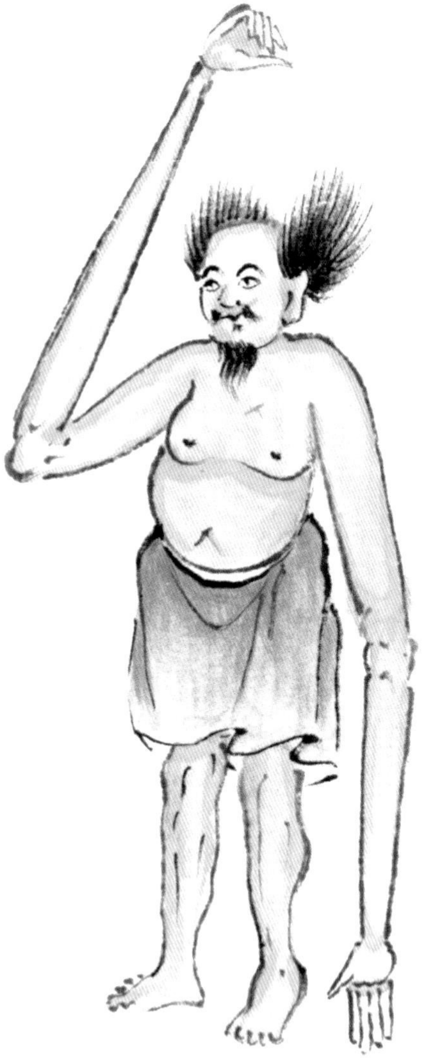

三身國

sān shēn guó

《海外南經》——

三身國在夏后啟北，一首而三身。

三身國是帝俊的後裔，帝俊的妻子娥皇生的孩子就是一首三身，他們都是姚姓之族，以小米為主食，能使喚四鳥，應該是屬於鳥族，因為帝俊是東南方鳥族的遠古始祖。雖說是四鳥，其實是指豹、虎、熊、羆四種野獸。

這個位於西南方的異國，《海外經》中列於西經之首。《大荒南經》說：三身國附近有不庭之山，國中有四方的小池，四角相通，北連黑水，南接大荒，北通少和之淵，南通從淵，舜曾到這裡沐浴。

三身國民的造型：有的是一首三身二手二足，也有一首三身六手六足，或是一首三身三手二足。

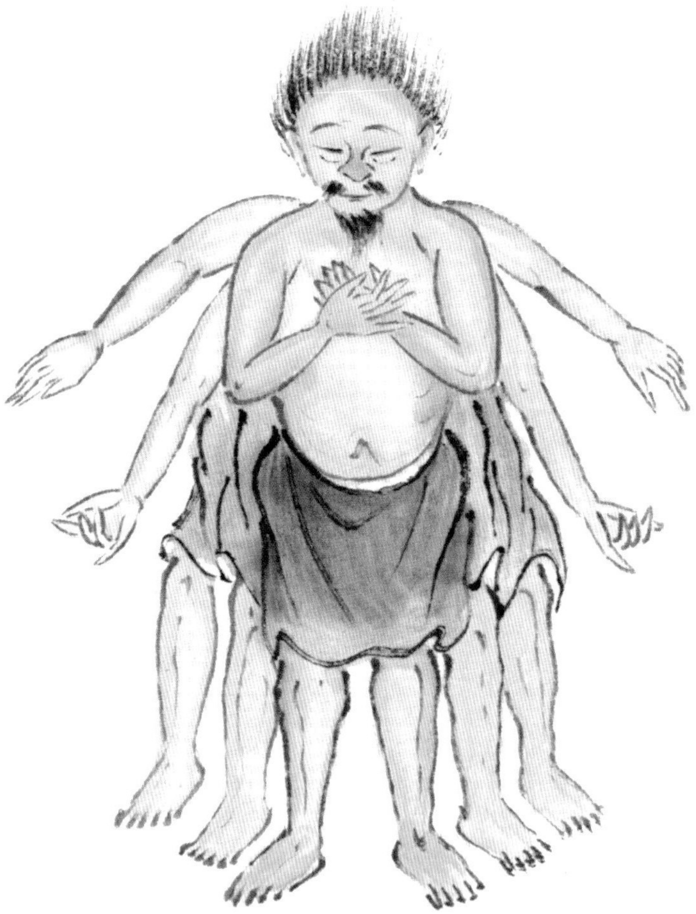

奇肱國

jī gōng guó

《海外西經》——

奇肱之國在其北，其人一臂三目，有陰有陽，乘文馬。有鳥焉，兩頭，赤黃色，在其旁。

三身國、一臂國的北邊，就是奇肱國。這些奇肱民，也稱奇股民，只有一隻手，卻有三隻眼睛，手眼協調合作，擅長製作各種靈巧的機具，用來捕捉鳥獸。他們能製造一種飛車，順著風，可以飄到很遠的地方。據說湯殷時，曾在豫州捉到一個駕駛飛車的奇肱人，他被捉時破壞了車子，就是不想讓殷人模仿。十年之後，東風吹來，才又照原樣做了一架飛車，將他順風遣送回國。

《海外西經》描述，奇肱民兼具陰性和陽性生殖器，陰器在上，陽具在下。常騎一種叫做吉量（或稱吉良）的白色花紋馬，這馬有著紅色鬣毛，頸子像雞尾巴，眼睛像黃金，據聞騎了可以長壽。奇肱國中還有一種怪鳥，長了兩個腦袋，羽毛紅中帶黃，常棲息在奇肱民的身邊。

《大荒西經》裡有個人名叫吳回，只有左臂，沒有右臂，也可能是個奇肱民。

長股國
cháng gǔ guó

《海外西經》
長股之國在雒棠北，被髮。一日長腳。

《海外西經》記載，長股國在產雄常樹的肅慎國（當地有一種樹叫雒棠）的北方，又稱為長腳國。那裡的人腳有三丈長，常披散著頭髮。更有說長腳國的人，揹著臂長三尺的長臂國人下海捕魚，想像一下，這真是既滑稽又聰明的好方法啊！據說後來民間雜技中的踩高蹺，就是從長腳國的形象模仿而來的。

《大荒西經》中也有長脛國，位於西北海之外、赤水之東，應該也是腳非常長的部族。

無䏿國 wú qǐ guó

《海外北經》

無䏿之國在長股東，為人無䏿。

《海外北經》記載，海外北方有個無䏿國，在長股國的東方，無䏿國的人沒有肥腸（即腓腸，脛骨後之肉，俗稱小腿肚），也有說無䏿就是無啟或無繼，就是沒有後嗣。傳說他們住在洞窟內，以泥土、空氣和魚作為食物，或許是在修煉一種從空氣中攝取營養的內家功夫吧。

無䏿國中沒有男女之別，當然也不靠男女結合來生育後代。人死了就埋在地下，心肝不會腐壞，過了一百二十年，又可以復活。這樣活了又死，死了又活，能夠生生不息的繁衍，當然也就無需後嗣了，所以又稱為無繼民。

《大荒北經》則稱，無繼民為任姓部族：「有無繼民，任姓，無骨子，食氣魚。」人死後百年再度復活，這種古老原始的靈魂觀，在這則神話中有了生動的描述。

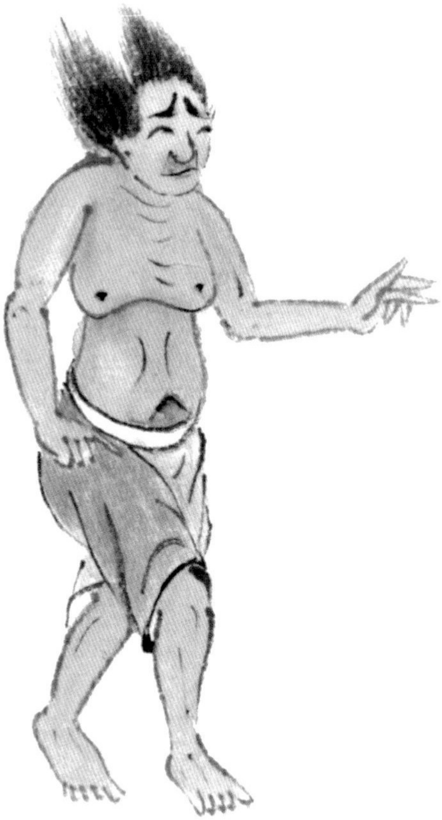

一目國

yí mù guó

《海外北經》

一目國在其東，一目中其面而居。一日有手足。

《海外北經》記載，一目國在鍾山東方，那裡的人相貌奇特，只有一隻眼睛，長在臉部正中央，其形體四肢則與常人無異。《大荒北經》說：一目國的人姓威，據說是少昊的後代，以小米為主食。

《海內北經》所記載的鬼國，也可能是一目國；「鬼國在貳負之尸北，為物人面而一目。」後經史學家考證，認為一目國即商朝末年的鬼方，大約在陝西北部邊界地帶。而西方史學家希羅多德的著作中曾提到，阿爾泰山附近有一種「一目人」（one-eyed），確有其相似之處。

柔利國

róu lì guó

《海外北經》

柔利國在一目東，為人一手一足，反膝，曲足居上。一云留利之國，人足反折。

《海外北經》記載，柔利國又稱留利國、牛黎國，在一目國東方。柔利國的人都沒有骨頭，只有一隻手、一隻腳，膝蓋彎曲，腳捲曲向上，或說腳反捲，折向上方，是聶耳國的子孫。

根據近代學者研究，聶耳國應是西北海外的強悍族群。《大荒北經》提到的儋耳國即聶耳國。

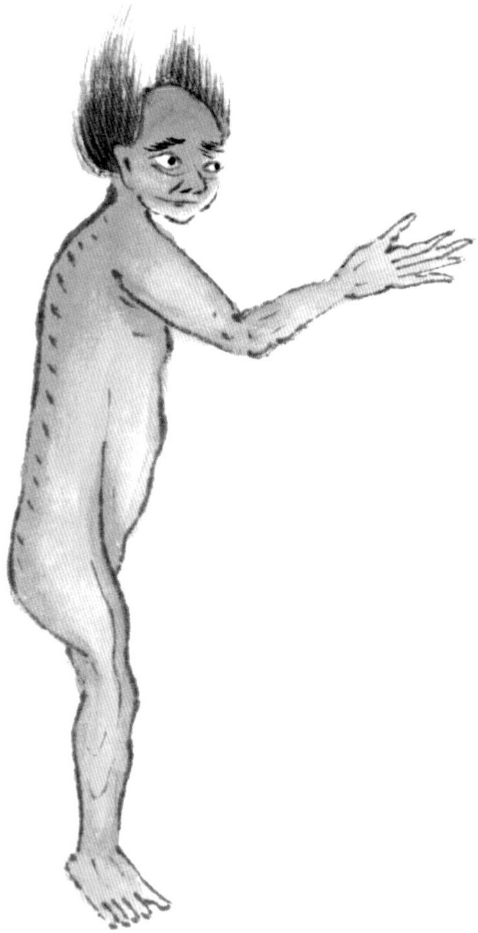

聶耳國

niè ěr guó

《海外北經》

聶耳之國在無腸國東，使兩文虎，為人兩手聶其耳。縣居海水中，及水所出入奇物。兩虎在其東。

聶耳國又稱儋耳國，在無腸國的東方。《海外北經》說：聶耳國的人都長著一對極長的耳朵，一直垂到肩膀下面，走路時還得要用兩隻手托著，以免擺動得太厲害。他們的縣邑在海中的島上，水中所有的珍奇怪異之物，都為他們所擁有。更酷的是，聶耳國人都有兩隻花斑虎隨伺身旁，供其使喚。

《大荒北經》說：任姓的儋耳之族位於北海之渚中。北海是群鳥孵卵及脫毛換羽的曠野、大澤。楊希枚在〈古饕餮民族考〉指出，這裡位於現在的吉爾吉斯，就是歐亞大草原地帶，北海可能是裏海（Caspian sea）或鹹海（Aral Sea）。儋耳族大概是斯基泰族（Scythians），在西元前七世紀至三世紀時，是縱橫中亞的強悍遊牧民族。

毛民國 máo mín guó

《大荒北經》

有毛民之國，依姓，食黍，使四鳥。禹生均國，均國生役采，役采生修鞈，修鞈殺綽人。帝念之，潛為之國，是此毛民。

《大荒北經》所列諸國位於西北角，其中有群鳥脫毛換羽的曠野、廣袤千里的大澤，位於大草原附近有個毛民國，這個依姓部族，也是黃帝二十五子之一。古代把這些邊遠民族也認為是黃帝的後裔，並受其管轄。

毛民國的主食是小米，能使喚四種野獸（豹、虎、熊、羆）。相傳毛民的由來是：大禹生下均國，均國生下役采，役采生下修鞈，修鞈把綽人殺了。大禹哀念綽人無辜被殺，暗地裡讓綽人的子孫建立了國家，就是毛民國。

毛民國也是披髮多鬚的族類，與饕餮、儋耳相鄰，可能具有高加索的血統，臉上、身上都長著豬鬃般的硬毛，身軀短小，住在山洞裡，終年不穿衣服。

梟陽國
xiāo yáng guó

《海內南經》

梟陽國在北朐之西。其為人人面長唇，黑身有毛，反踵，見人則笑，左手操管。

《海內南經》記載，梟陽國位於北朐國的北方，外貌像人，是介乎人與獸之間的一種野人，身子一丈多長，又稱贛巨人，貌似一種狒狒，或稱為山精或山魁。

梟陽國的人，都長著人臉，身子烏黑，渾身長毛，腳掌是反生的，腳尖向後，快步如風，性情極為凶暴，喜歡吃人，常在山間活捉單身行客，張嘴大笑時，就把長長的嘴唇翻轉過來蓋在額頭上，傻笑一陣才開始吃人。因此人們想出一個好辦法，將兩枝竹管套在手臂上，等這怪物捉住自己張嘴傻笑時，連忙從竹管中抽出手臂，拿起預藏的利刃，用力將那血紅的嘴唇釘在額頭上，便可輕而易舉的逮住他，此時這怪物手裡還緊緊地抓著竹管呢！

據說雌梟陽會從身體裡噴灑出一種汁液，不小心沾上就會生病。

氐人國 dī rén guó

《海內南經》

氐人國在建木西，其為人人面而魚身，無足。

《海內南經》描述的是東南往西南的諸國，除了一些奇特的人物和神話，還有一些奇異的國家，以及一些與神話人物相關的山水。

氐人國位於建木生長的西方，胸部以上像人，一副白皙的人臉，胸部以下則為魚身，沒有腳，外型近似人魚。建木是一種樹木，生長在弱水邊，樹皮像黃色的蛇皮，葉子像羅網，果實像欒樹的果子。

《大荒西經》說：氐人國即互人國，是炎帝的後裔，炎帝之孫名叫靈恝，靈恝生互人，能夠自由來去天地之間。

小人國 xiǎo rén guó

《大荒東經》

有小人國，名靖人。

《大荒東經》記載，小人國在東海之外，大荒之中，位於大人國旁，又稱靖人，身長大約只有九吋高，但形體、面目、四肢與常人無異。

所謂靖人，是指其身材細小。歷代畫譜中多是數個小人並列的模樣，赤身長髮，面有鬍鬚。《列子》中記載的諍人即靖人；「東北極有人名曰諍人，長九寸。」

《山海經》裡有四個地方提到這類身材細小的人；除了《大荒東經》的小人國，還有《海外南經》的周饒國、《大荒南經》的焦饒國，另有一種稱為菌人的小人。

一臂國

yí bì guó

《海外西經》

一臂國在其北，

一臂、一目、一鼻孔。

有黃馬虎文，一目而一手。

《海外西經》敘述的西方國家，由三身國向北走，便是一臂國。其人民又稱比肩民或半體人，那裡的人都只有一隻手臂、一隻腳、一隻眼睛和一個鼻孔，而且只有半個身體。奇異的是，一臂國中有一種老虎斑紋的黃馬，也只有一隻眼睛和一隻前腿。

《爾雅》云：「北方有比肩民焉，迭食而迭望。」《異域志》裡提到：「半體國其人一目一首一足。」指的都是一臂國。

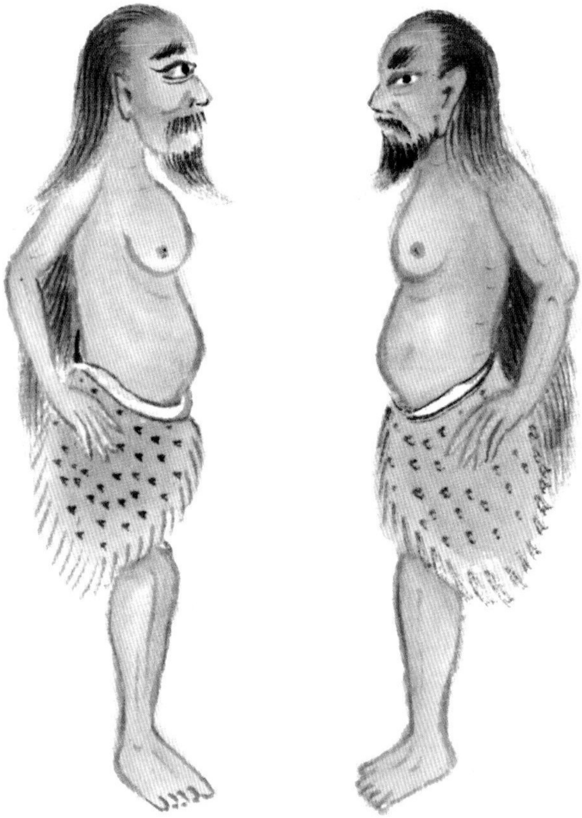

三面人

sān miàn rén

《大荒西經》

大荒之中，
有山名日大荒之山，
日月所入。
有人焉三面，
是顓頊之子，
三面一臂，
三面之人不死，
是謂大荒之野。

《大荒西經》提到，大荒當中有座大荒之山，是太陽和月亮落下的地方，那裡有一種三面一臂人，頭上有三張面孔。據說是黃帝的孫子顓頊的後代，這種三面人能長生不死，常生活在大荒之野上。

三面人在古籍插圖中有兩種形象：一種是三面一臂，沒有左臂。另一種同樣是三面一臂，但沒有右臂。

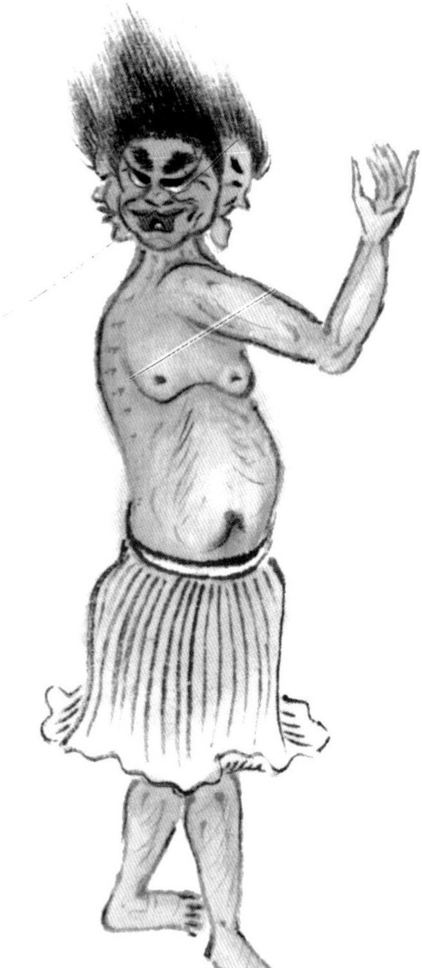

釘靈國

dīng líng guó

《海內經》

有釘靈之國，其民從膝以下有毛，馬蹄，善走。

《海內經》涉及的範圍非常廣，約為現今中國的西北、西南、東北等地，並遍及蒙古及部分西伯利亞地帶。其內容與《海內四經》及《大荒經》有些重複。

《海內經》記載，釘靈國的人膝蓋以下有毛，雙腳有蹄，很善於行走。釘靈國又稱丁靈、丁零，其人民為馬人，膝蓋以上是人頭人身，膝蓋以下為馬腿馬蹄，快走如馬，聲音卻像雁鶩。

《異域志》描述釘零國在北海內，其人民一日可走三百里。清代學者汪紱的注指出，釘零國產貂皮，製作貂皮靴，穿上靴子能像馬一般疾行，並不是真的有馬蹄。北海即今俄羅斯貝加爾湖附近，《漢書・蘇武傳》中就提到丁零國。

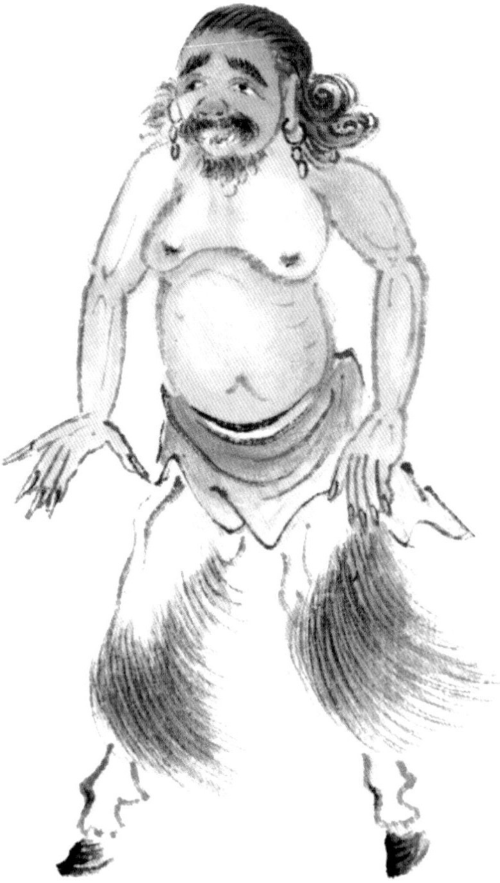

狌狌 shēng shēng

《南次一經》

《南山經》之首，曰䧿山。

其首曰招搖之山，臨於西海之上，

……

有獸焉，其狀如禺而白耳，

伏行人走，其名曰狌狌，食之善走。

《南次一經》記載：招搖山有一種怪獸，樣子像猿猴，耳朵是白色的，既能匍匐爬行，也能像人一樣直立行走，名字叫狌狌。傳說吃了牠的肉便可行走如飛。

其實狌狌就是猩猩，古代中原人士沒見過這種動物，只好想盡辦法去描摹。至於其實用價值，則是基於一種巫術性的思考原則；因為猩猩體型大且善走，若是吃了牠的肉，也就匯聚了善走的特性。

不過《海內南經》記載的狌狌，卻是人臉豬形，常常百餘隻群聚。若在山谷中看見有人擺設酒和草鞋，就能知道擺設者祖先的名字，還會呼叫那些名字，而且大聲地痛罵。

鹿蜀

lù shǔ

《南次一經》——

又東三百七十里，
曰杻陽之山，
其陽多赤金，其陰多白金。
有獸焉，其狀如馬而白首，
其文如虎而赤尾，
其音如謠，其名曰鹿蜀，
佩之宜子孫。

《南次一經》記載，杻陽山有一種祥瑞之獸叫做鹿蜀，外型像馬，頭是白的，有著老虎的斑紋，和紅色的尾巴，叫聲就像人在唱歌。據說披上牠的皮毛，就可以子孫滿堂，因此常遭人們捕殺。

鹿蜀就是麝香鹿、牙麞一類的動物。一隻雄鹿身邊，常有許多雌鹿和小鹿跟隨，為多子多孫的象徵。若用牠的毛皮做服飾配件，可以傳達神祕的靈力，類似的敘述，根源於一種民間素樸的巫術信仰。

鹿蜀是南方的動物，杻陽山大約位於現今廣東嶺南附近。

類 lèi

《南次一經》——

又東四百里，曰亶爰之山，多水，無草木，不可以上。有獸焉，其狀如狸而有髦，其名曰類，自為牝牡，食者不妒。

《山海經》裡敘述遠方異國中特殊動物的方式，重點多為形狀的描摹，並使用增數、減數、混合或易位的原則來類推。至於衍伸的變化，是將平常所見動物的外型略為改變而成，比如《南次一經》所提到的「類」。

經文記載，位在東南方的亶爰山，山中雖有許多溪澗，卻怪石嶙峋，草木不生，難以攀登。山上有一種奇特的動物名叫類，又稱靈貍，雲南蒙山人叫牠香髦。樣子很像野貓，頭上長著長毛，是一種雌雄同體的奇獸。相傳吃了牠的肉便不會產生妒忌心。

《楚辭》、《列子》和《本草拾遺》等古籍都曾提到這種動物。

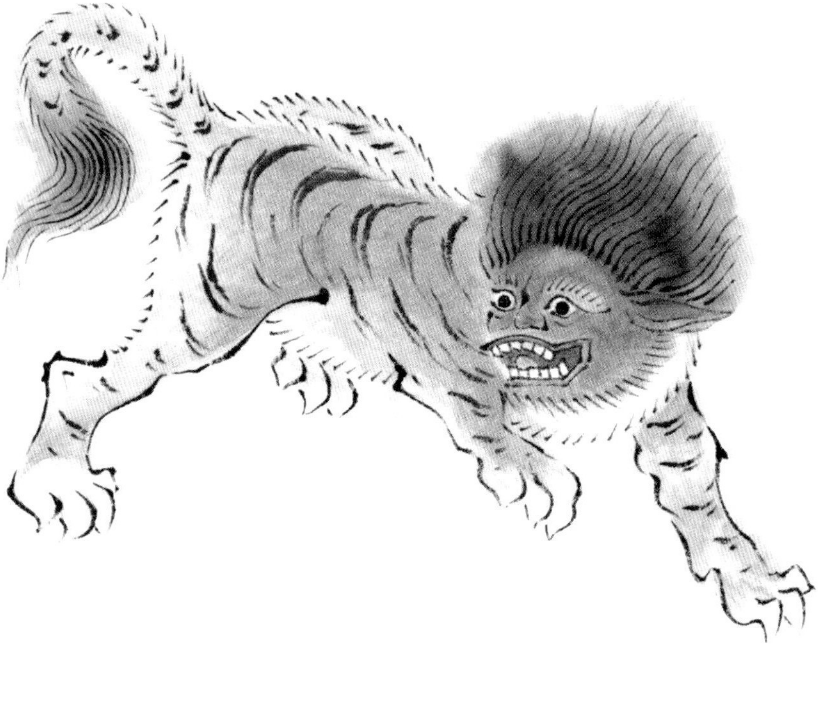

猼訑 bó yí

《南次一經》

又東三百里，曰基山，
其陽多玉，其陰多怪木。
有獸焉，其狀如羊，
九尾四耳，其目在背，
其名曰猼訑，佩之不畏。

位在亶爰山東方三百里的基山上，有一種動物叫作猼訑，長得像羊，有九條尾巴、四個耳朵，眼睛卻長在背上。傳說人們披上牠的毛皮，就會勇氣倍增，無所畏懼。

《玉篇》、《廣韻》把猼訑寫成「羳」，也是羊屬。《本草經》也說：「羖羊肉，主辟惡鬼、虎狼，止驚悸。」羊角可以辟邪，羊皮也可以辟惡。《說文解字》的注說：「城郭的市里，高懸羊皮，以驚牛馬。」是用怪羊來嚇止惡鬼，就是「以惡治惡」的同類相治原理。

日本漢學家森安太郎則以神話解說，羊是羌族的嶽神，是辨別是非曲直的神羊，制鬼的冥府之神，因此可以剋制陰界之鬼。其實，就連陽界之鬼也能剋制；《雜五行書》就說：「懸羊頭門上，除盜賊。」

九尾狐

jiǔ wěi hú

《南次一經》

又東三百里，曰青丘之山，其陽多玉，其陰多青雘。有獸焉，其狀如狐而九尾，其音如嬰兒，能食人，食者不蠱。

《南山經》分為《南次一經》、《南次二經》及《南次三經》，根據衛挺生在《山經地理圖考》的研究；《南次一經》的範圍起自中越分界的誰山山脈，到浙閩分界的箕尾山脈，共有十大山脈，山系擴及雲南、廣西、廣東、江西、福建等地。

當中有一座青丘山，向陽的南坡盛產玉石，而背陰的北坡盛產可製顏料的礦物。山中有一種奇獸九尾狐，外型像狐狸，有九條尾巴，叫聲卻像嬰兒的哭聲，會吃人。相傳吃了牠的肉，可以不受妖邪癘氣的侵擾。

《海外東經》和《大荒東經》都提到青丘山上有九尾狐。九尾狐也是祥瑞和子孫繁衍的象徵，郭璞的注說：九尾狐「太平則出而為瑞」。

長右 cháng yòu

《南次二經》

東南四百五十里，曰長右之山。無草木，多水。有獸焉，其狀如禺而四耳，其名長右，其音如吟，見則郡縣大水。

《南次二經》所描述的範圍，起自柜山（今浙江、江西、福建三省交界處的仙霞嶺），到漆吳之山（浙江沿海的玉環縣），大約是浙江省及其沿岸地區。其中長右山的水源充沛，但沒有花草樹木，有一種野獸因山得名就叫長右，長得很像猿猴，有四隻耳朵，叫聲好像人在呻吟，若是被人看見或者聽到牠的叫聲，當地就會出現大洪水。

長右可能像傳說中大禹治水時，被庚辰制服的巫支祁一類的水怪。相傳大禹治水時，三度經過桐柏山，總是遇到閃電雷鳴、狂風驟雨，阻礙了治水的工程，於是召來天神庚辰捉拿水怪，鎮壓在現今江蘇淮陰的龜山腳下，治水工程才得以順利地進行。

猾褢 huá huái

《南次二經》

又東三百四十里，曰堯光之山，
其陽多玉，其陰多金。
有獸焉，其狀如人而彘鬣，
穴居而冬蟄，其名曰猾褢，
其音如斫木，
見則縣有大繇。

《山海經》中有許多強調動物的特殊聲音，有些叫聲奇特，與類似的動物不同，加上性情特別凶猛、詭譎，就容易讓人幻化成為怪物。這些用來描摹的聲音，多是人類所熟悉的；就如嬰兒的嚶嚶聲、成人的喝叱聲、歌唱聲、呻吟聲，甚至還有砍樹劈材的爆裂聲。

《南次二經》裡提到的猾褢，叫聲就像砍伐木材的聲音。據聞堯光山的南面多產玉石，北面產金。山中的怪獸猾褢，外型像人，全身長滿豬鬣般的粗毛，冬天會躲在洞穴裡避寒，牠的叫聲就像伐木的聲音，一出現百姓就會有勞役。

㨚 zhì

《南次二經》

又東五百里，曰浮玉之山，北望具區，東望諸毗。有獸焉，其狀如虎而牛尾，其音如吠犬，其名曰㨚，是食人。

《南次二經》說：東方有座浮玉山（今浙江天目山），從山頂北望，可眺望具區湖（太湖），向東可以看見諸毗水。山中有一種野獸叫㨚，外型像老虎，卻長著牛的尾巴，叫聲很像狗吠，是一種吃人的怪獸。

《山海經》圖譜中，㨚還有另一種形象：外型像獼猴，有張人的臉，卻有四隻耳朵，身上的毛色像老虎的斑紋，尾巴像牛尾，叫聲像狗，會吃人，若是看見牠就有大洪水。

䍺 huán

《南次二經》

又東四百里，曰洵山，其陽多金，其陰多玉。有獸焉，其狀如羊而無口，不可殺也，其名曰䍺。

《南次二經》記載，咸陰山往東四百里有座洵山，山南盛產金屬礦石，山北多產玉石。山中有一種怪獸，長得像黑色的羊，卻沒有嘴巴，一副不可一世的樣子，因為牠可以不吃不喝也不會死。

蠱 gǔ 雕 diāo

《南次二經》

又東五百里，曰鹿吳之山，
上無草木，多金石。
澤更之水出焉，而南流注於滂水。
有獸焉，名曰蠱雕，
其狀如雕而有角，
其音如嬰兒之音，是食人。

《南次二經》記載，東邊有座鹿吳山（寧波南方），山上沒有花草樹木，但盛產金屬礦物和玉石，澤更水發源於此，往南流注於滂水。水中有一種動物名叫蠱雕，外型像雕鷹，頭上長角，叫聲像嬰兒啼哭聲，會吃人。

古籍中，蠱雕的形象有兩種：鳥形和豹形。豹形是豹的身子卻有鳥頭。這類叫聲像嬰兒的獸類，多為食人的凶猛怪獸，會以天真、撒嬌的嬰兒聲誘騙人類，再加以吞食。

羬羊 xián yáng

《西次一經》

華山之首，曰錢來之山，
其上多松，其下多洗石。
有獸焉，其狀如羊而馬尾，
名曰羬羊，其脂可以已臘。

《西次一經》的範圍從西嶽華山開始，向西延伸到青海。華山山系的第一座山是錢來山，山上有許多松樹，山下產鹼性的洗石，用來洗澡可以洗掉身上的汙垢。錢來山有一種野獸叫羬羊，外型像羊，卻長著馬的尾巴，據說羬羊的油脂可以用來滋潤乾裂的皮膚。

《爾雅》說：六尺高的羊為羬羊。郭璞則認為，羬羊就是大月氏的大羊，長得像驢卻有馬尾。

蔥聾 cōng lóng

《西次一經》

又西八十里，曰符禺之山，
其陽多銅，其陰多鐵。
其上有木焉，名曰文莖，
其實如棗，可以已聾。
其草多條，其狀如葵，
而赤華黃實，如嬰兒舌，食之使人不惑。
符禺之水出焉，而北流注於渭。
其獸多蔥聾，其狀如羊而赤鬣。

位於河南的符禺山，物產豐富，南坡有豐富銅礦，北坡則蘊藏鐵礦，山上有一種樹木叫文莖，果實像棗子，可以治療耳聾。還有一種草叫條草，長得像山葵菜，紅花黃果，外形就像嬰兒的舌頭。吃了它就不會被邪氣給迷惑。

符禺山裡有條符禺水，往北流入渭水。山上的野獸大多為蔥聾，長得像羊，有紅色的鬣毛。《康熙字典》解說為：「蔥聾，如羊，黑首赤鬣。」李時珍則說：蔥聾「生江南者為吳羊，毛短；生秦晉者為夏羊，毛長，剪毛為氈，又謂之綿羊。」

豪彘 háo zhì

《西次一經》

又西五十二里，曰竹山，其上多喬木，其陰多鐵。……丹水出焉，東南流注於洛水，其中多水玉，多人魚。有獸焉，其狀如豚而白毛，大如笄而黑端，名曰豪彘。

丹水發源於竹山（陝西內華縣的公王嶺），向東南流入洛水，水中有許多水晶石和人魚。當地有一種野獸叫豪彘，形狀像豬，身上的毛是白色的，就像簪子般粗硬，尖端呈現黑色。

豪彘就是豪豬、箭豬，常成群結隊危害人畜和莊稼，若被追捕時，身上粗硬的豪毛還會射出傷人。

玃如 yīng rú

《西次一經》

西南三百八十里，
曰皋塗之山。
……
有獸焉，
其狀如鹿而白尾，
馬腳人手而四角，
名曰玃如。

在今甘肅有一古名皋塗山的地方，山上有一種野獸，外型像鹿，尾巴是白色的，前腳是兩隻人手，後腳卻為馬蹄，頭上長了四隻角，名叫玃如。

有的書上把玃如寫成玃如，是一種集合了鹿、馬、人三種特徵於一身的怪獸。郭璞說：這種野獸可以牢牢地攀附在樹木和岩石上，而不會跌落下來。

麢羊 líng yáng

《西次一經》

又西二百里，曰翠山，
其上多椶枏，其下多竹箭，
其陽多黃金、玉，
其陰多旄牛，麢、麝。
其鳥多鸓，其狀如鵲，
赤黑而西首四足，可以禦火。

大約在今青海西寧附近有座翠山，山上滿是棕樹和楠木，山下則多竹林。山的南坡盛產黃金和玉石，北坡有許多旄牛、麢羊和麝。

麢羊就是羚羊，為大角羊，喜好出沒在山崖之間。郭璞的注說：「麢羊，似羊而大，角圓銳，好在山崖間。」《韻會》也說：麢羊的角捲曲如圓，晚上休息時會找個安全的地方，把大角掛在樹上，將身體懸空以躲避天敵。

舉父 jǔ fù

《西次三經》

西次三山之首，曰崇吾之山，
在河之南，北望冢遂，南望䍃之澤，
西望帝之搏獸之丘，東望螞淵。
有木焉，員葉而白柎，赤華而黑理，
其實如枳，食之宜子孫。
有獸焉，其狀如禺而文臂，
豹尾而善投，名曰舉父。

《西次三經》最東邊的第一座山叫做崇吾山，山上有一種野獸，樣子像大猿猴，手臂上有斑紋，尾巴像豹，擅於投擲，名叫舉父。

舉父又名夸父。不少古代的傳說中，常把形似猿猴的怪獸都稱作夸父，也把力氣大的神稱為夸父。

郭璞的注說：舉父為黃黑色，頭臉多毛，除了習慣撫摸自己的頭，還會拿石頭擲人，因此稱為舉父。

土螻 tǔ lóu

《西次三經》

西南四百里，曰崑崙之丘，是實惟帝之下都，神陸吾司之。其神狀虎身而九尾，人面而虎爪；是神也，司天之九部及帝之囿時。有獸焉，其狀如羊而四角，名曰土螻，是食人。

《西山經》的範圍大約在陝西、青海、綏遠、甘肅東部及新疆，並遠至中亞。其中《西次三經》記載，天帝居住的崑崙山，有一種野獸，外表長得像羊，卻有四隻角，會吃人，名叫土螻。

土螻又稱土螻，角非常的銳利，不小心撞上了很可能會喪命。

猙 zhēng

《西次三經》

又西二百八十里，曰章莪之山，無草木，多瑤碧。所為甚怪。有獸焉，其狀如赤豹，五尾一角，其音如擊石，其名如猙。

《西次三經》描述西方的章莪山，寸草不生，但盛產碧、瑤等玉石。山裡有一種野獸叫猙，長得很像赤豹，有五條尾巴，頭上長了一隻獨角，叫聲就像敲擊石頭的聲音。

赤豹是毛色火紅的豹子，《九歌・山鬼》中也提到山鬼乘坐赤豹。

天狗 tiān gǒu

《西次三經》

又西三百里，曰陰山。濁浴之水出焉，而南流注於番澤，其中多文貝。有獸焉，其狀如狸而白首，名曰天狗，其音如榴榴，可以禦凶。

《山海經》描述許多奇特的動物，其主要功能是服食或配戴之後，可以消解疾疫或災厄。經文中「禦凶」所指的凶，泛指凶險、凶厄，比如《西次三經》中提到的天狗。

相傳西方有座陰山，濁浴水發源於此，往南流注於番澤，水中有許多五彩斑斕的貝類。山裡有一種動物叫天狗，模樣像狸貓，頭部毛髮是白色的，叫聲像貓，飼養牠可以驅凶避邪。

《太平御覽》記載，秦襄公時，在白鹿原這個地方曾有天狗出現，若有賊人來犯，天狗就會大叫，保護此地的居民。《事物紺珠》中則說天狗會吃蛇，此圖的天狗口中就銜著一條蛇。

獓 狠

àoyīn

《西次三經》

又西二百二十里，曰三危之山，三青鳥居之。是山也，廣員百里。其上有獸焉，其狀如牛，白身四角，其毫如披蓑，其名曰獓狠，是食人。

在今甘肅敦煌附近的三危山，氣勢高聳，幅員廣大。山上有一種野獸叫獓狠，外型像普通的牛，身體是白色的，頭上還長了四隻角，身上的毛又粗又硬又長又密，就好像披著簑衣一樣，是會吃人的怪獸。

讙 huān

《西次三經》

西水行百里，至於翼望之山，
無草木，多金玉。
有獸焉，其狀如狸，
一目而三尾，名曰讙，
其音如奪百聲，
是可以禦凶，服之已癉。

西方有座翼望山，山上沒有花草樹木，但盛產金玉礦石。山裡的野獸叫讙，模樣長得像狸，只有一隻眼睛，卻有三條尾巴，還能發出上百種動物的聲音。不但能驅凶避邪，吃牠的肉還可以治黃疸。之所以發出各種動物的聲音，能夠驅凶避邪，是源於巫術性的思維，也是一種以惡治厄的方法。

郭璞的注認為，讙又可稱為原；胡文煥的圖說稱牠為獂，有五條尾巴。

蠻蠻 mán mán

《西次四經》

又西二百里，至剛山之尾，
洛水出焉，而北流注於河。
其中多蠻蠻，
其狀鼠身而鼈首，
其音如吠犬。

《西次四經》說：洛水發源於剛山（祁連山脈以東）的尾端，向北流入黃河。這裡有一種動物叫蠻蠻，身體像老鼠，卻長了鼈的腦袋，叫聲就像狗吠。

古書中大多將這種動物畫在水邊，應是居於水中、以魚為食吧。

駮 bó

《西次四經》

又西三百里，曰中曲之山，其陽多玉，其陰多雄黃、白玉及金。有獸焉，其狀如馬而白身黑尾，一角，虎牙爪，音如鼓音，其名曰駮，是食虎豹，可以禦兵。

《西次四經》說：西方有座中曲山，山南盛產玉石，山北則產雄黃、白玉和金。山上有一種野獸叫駮，外型像馬，身體為白色，尾巴是黑色的，頭頂還有一隻角，牙齒和爪子像老虎，發出的聲音就像在打鼓一樣。牠是獸中之王，會吃老虎和豹子，飼養這種動物，還可避免兵刃之災。

《海外北經》提到的駮並沒有角。《爾雅》和《周書》中的駮也沒提到有角。

鳥鼠同穴

niǎo shǔ tóng xué

《西次四經》

又西二百二十里，
曰鳥鼠同穴之山，
其上多白虎、白玉。

《西次四經》記載，西方有座山叫鳥鼠同穴山，山中有一洞穴，鳥和鼠同棲。《爾雅》說：這座山位在隴西首陽，鳥的名字是鵌，鼠則為鼵，洞穴在地下三、四尺，鼠居於內，鳥棲於外，二獸和睦相處。郭璞的注則說：鵌長得像黃黑色的燕子，鼵像家中老鼠，但尾巴較短。

鳥鼠同穴山位於今甘肅省東部的渭源縣西南，現稱鳥鼠山或青雀山，海拔三千多公尺，是渭河上游北源和洮河支流東峪溝的分水嶺。此山因位處高原地帶，鳥類沒有大樹可以棲息築巢，只能利用鼠穴的窩下蛋，而且鼠輩還得靠鳥兒示警，以躲避老鷹的侵襲。鼠在穴內，鳥在穴外，各自生活，互不侵犯。

䑏疏 huān shū

《北次一經》

又北三百里，曰帶山，
其上多玉，其下多青碧。
有獸焉，其狀如馬，
一角有錯，其名曰䑏疏，
可以辟火。

《北山經》共有三篇，大抵以東北疆域及北方諸省為主，其範圍起自中國北方遼闊地區，遠至蒙古、西伯利亞，以及內蒙、河北、山西等地。其中的《北次一經》左起單孤山（新疆西端的庫斯渾山），東至隄山（中俄邊界的屯金山）一帶。

烏魯木齊北邊有一座帶山，山上盛產玉石，山下則有許多青色碧玉，山中的野獸叫䑏疏，外型像馬，頭上的獨角，質地有如粗硬的磨刀石，傳說飼養牠可以避火。

諸 zhū 犍 jiān

《北次一經》——

又北百八十里，曰單張之山，
其上無草木。
有獸焉，其狀如豹而長尾，
人首而牛耳，一目，
名曰諸犍，善吒，
行則銜其尾，居則蟠其尾。

《北次一經》記載，蒙古有座單張山，山上寸草不生，那裡有一種怪獸名叫諸犍，形體長得像豹，身後拖著一條長長的尾巴，有著人的腦袋、牛的耳朵，卻只有一隻眼睛。諸犍喜歡大聲吼叫，行走時會用嘴銜著尾巴，休息時則把尾巴給盤起來。

山㺐 shān huī

《大荒西經》

又北二百里，曰獄法之山。
瀤澤之水出焉，而東北流注於泰澤。
其中多鱳魚，其狀如鯉而雞足，
食之已疣。
有獸焉，其狀如犬而人面，
善投，見人則笑，其名山㺐，
其行如風，見則天下大風。

《北次一經》記載，蒙古的中部有座獄法山（今杭愛山），瀤澤水發源於此，往東北流入泰澤。山中有一種野獸名叫山㺐，形狀像普通的狗，卻長著一張人臉，擅於投擲，見到人就哈哈大笑。山㺐健步如飛，走起路來像一陣風，只要一出現就會颳大風。

諸(zhū)懷(huái)

《北次一經》

又北二百里，曰北嶽之山，
多枳棘剛木。
有獸焉，其狀如牛，
而四角、人目、彘耳，
其名曰諸懷，其音如鳴雁，
是食人。

北嶽山上到處都是低矮的枳木和荊棘，以及木質堅硬的大樹，諸懷水發源於此。山上的野獸諸懷，長得像牛，但有四隻角，眼睛像人，耳朵像豬，叫聲就像鴻雁鳴叫，十分凶惡，會吃人。

古籍中描繪諸懷的造型有二種：除了四角牛形外，還有兩隻角牛形。

䮝馬 bó mǎ

《北次二經》

又北三百五十里，曰敦頭之山，其上多金玉，無草木。旄水出焉，而東流注於邛澤。其中多䮝馬，牛尾而白身，一角，其音如呼。

《北次二經》敘述的範圍從管涔山（雁門）到北海（鄂霍次克海）邊的敦頭山。敦頭山上寸草不生，沒有花草與樹木，卻蘊藏豐富的金屬礦物和玉石。旄水發源於此，向東流入邛澤。山中有許多䮝馬，身子白色，尾巴像牛，頭上一隻獨角，叫聲就像人的呼喊聲。

這種動物是神獸，有角的稱為䮝，沒有角的稱為騏。

狍鴞

páo xiāo

《北次二經》

又北三百五十里，曰鉤吾之山，其上多玉，其下多銅。有獸焉，其狀如羊身人面，其目在腋下，虎齒人爪，其音如嬰兒，名曰狍鴞，是食人。

《山海經》裡一些奇形怪狀的動物，常以多種物種的特徵混合，或是以易位的方式組合。所謂易位是由普通動物變換器官的位置，重新組合而成。比如狍鴞。

狍鴞的身體像羊，卻有張人臉，眼睛長在腋下，牙齒像老虎，爪子卻像人，叫聲如嬰兒的啼哭聲，會吃人，常出沒於鉤吾山中。

狍鴞就是饕餮，集合了羊、虎、人的特徵於一身，性格貪婪，常被比喻為好吃之徒。傳說黃帝大戰蚩尤時，蚩尤被斬首，人頭落地後化為饕餮。中國古代器具上常有饕餮紋，這種紋飾最早出現於五千年前，除了長江下游地區良渚文化的玉器，商周時期的青銅器也常帶有饕餮紋飾。

馬腹 mǎ fù

《中次二經》

又西二百里，曰蔓渠之山，
其上多金玉，其下多竹箭。
伊水出焉，而東流注於洛。
有獸焉，其名曰馬腹，
其狀如人面虎身，
其音如嬰兒，是食人。

《中山經》有十二經，佔山經一半以上的篇幅，為《五藏山經》的敘述中心，所記載的地區為天下之中，按照古代京畿為天下政治中心的觀點，顯示《中山經》的命名大有意義。

《中次二經》記述的範圍大約為現今河南一帶。位於河南的蔓渠山，盛產金屬礦物和各色玉石，山下則是鬱鬱蔥蔥的竹林，伊水發源於此，往東流入洛水。山裡有一種怪獸名叫馬腹，牠有老虎的身子，卻長了顆人頭，叫聲像嬰兒的啼哭，會吃人。

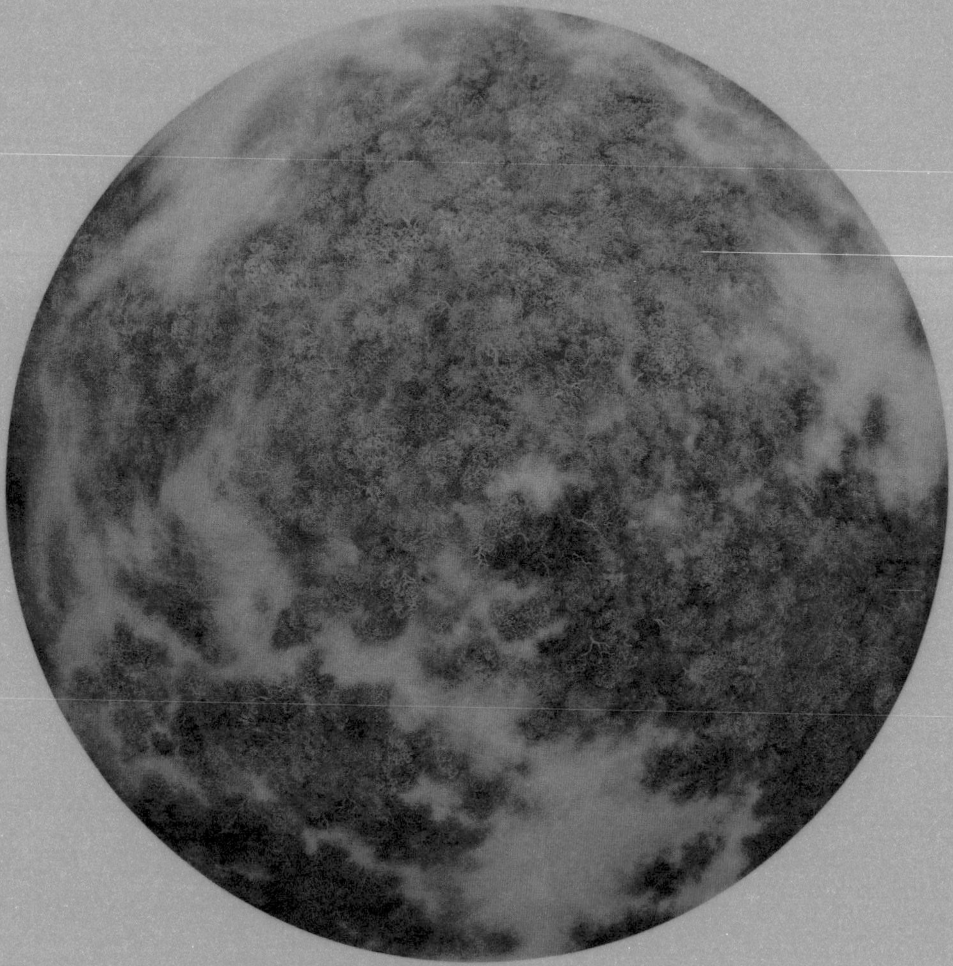

天馬 tiān mǎ

《北次三經》——

又東北二百里，曰馬成之山，其上多文石，其陰多金玉。有獸焉，其狀如白犬而黑頭，見人則飛，其名曰天馬，其鳴自訆。

《北次三經》記載，太行山往東北數百里有座馬成山，山上有許多有花紋的石頭，山的北邊盛產金屬和美玉。山中有一種動物叫天馬，長得像白色的狗，頭是黑色的，背上還長了肉翅，見人就會飛起來，叫聲就像在呼喚自己的名字。天馬是一種祥獸，傳說在天上名叫勾陳，在地上就叫天馬，若出現就會豐收。

《韻寶》說：天虞這種動物是天上的神獸，鹿頭龍身，在天上稱為勾陳，在地上則為天馬。

飛鼠 fēi shǔ

《北次三經》

又東北二百里，曰天池之山，其上無草木，多文石。有獸焉，其狀如兔而鼠首，以其背飛，其名曰飛鼠。

《北次三經》說：咸山的東北有座天池山，山上沒有花草樹木，但遍佈美麗的文石。山中有一種動物長得像兔子，頭卻像老鼠，背上長著長長的毛，會藉助背上的長毛飛行，名叫飛鼠。

《山海經》中會飛的老鼠還有《北山經》中的耳鼠，牠的頭像兔子，身體像小鹿，叫聲則像狗，用尾巴飛行。傳說吃了牠的肉，不但可以治脹氣，還能百毒不侵呢。

辣辣 dōng dōng

《北次三經》——

又北三百里，曰泰戲之山，無草木，多金玉。有獸焉，其狀如羊，一角一目，目在耳後，其名曰辣辣，其鳴自訆。

泰戲山上寸草不生，卻蘊藏許多礦產、美玉。山裡有一種動物名叫辣辣，形體像羊，卻只有一隻眼睛和一隻角，而且眼睛是長在耳朵後面，叫聲就像在呼喚自己的名字。

相傳辣辣是獨角、獨目的吉祥之獸，若是出現當年就會豐收。但胡文煥卻說：「此獸現時，主國內禍起，宮中大不祥也。」

獂 yuán

《北次三經》

又北四百里，曰乾山，無草木，其陽有金玉，其陰有鐵而無水。有獸焉，其狀如牛而三足，其名曰獂，其鳴自訆。

《山海經》裡奇禽怪獸的名字，有些是以模擬牠的叫聲而命名的，主因是為了讓當地人方便辨識。對於一般常見的事物，則隨物賦名，總不離聲音的原則。而且比較罕見的動物，往往較具神話色彩，難免會被誇張成傳奇性的動物。

《北次三經》中，許多動物都是依其叫聲而命名的，比如乾山上的獂，外型像普通的牛，卻只有三條腿，叫聲就像在呼喚自己的名字。

羆 pí

《北次三經》——

又北五百里，曰倫山。
倫水出焉，而東流注於河。
有獸焉，其狀如麋，
其川在尾上，其名曰羆。

《北次三經》記載，乾山往北五百里是倫山，位於河北的西邊，倫水發源於此，往東注入黃河。山裡有一種野獸叫羆，長得很像麋鹿，怪的是肛門卻長在尾巴上。

從從 cóng cóng

《東次一經》

又南三百里，曰栒狀之山，其上多金玉，其下多青碧石。有獸焉，其狀如犬，六足，其名曰從從，其鳴自訆。

《東山經》記述的範圍大約在山東半島、東北濱海地區一帶，可能還遠至朝鮮、日本及琉球群島，是一本以海疆為主的地理誌。

《東次一經》的範圍大都位於現今的山東省，從齊國的首都臨淄近郊的樕朱之山（石門山）開始，到竹山（鳳凰山）。其中位於臨淄附近的栒狀山，山上有許多礦物和美玉，山下產青色的碧玉。山裡有一種動物從從，長得像狗，有六隻腳，牠的名字也是由叫聲而來的。

朱 zhū 獳 rú

《東次二經》

又南三百里，曰耿山，無草木，多水碧，多大蛇。有獸焉，其狀如狐而魚翼，其名曰朱獳，其鳴自訆，見則其國有恐。

山東濟南南方，大約三百里有一座耿山，山上寸草不生，但盛產水晶，有許多大蛇出沒。山裡有一種特殊的動物叫朱獳，樣子像狐狸，背上卻長了魚鰭，叫聲就像在呼喚自己的名字。只要一出現人們就驚恐萬分，是一種凶兆之獸。

雙雙 shuāng shuāng

《大荒南經》

南海之外，赤水之西，

流沙之東，有獸，

左右有首，名曰跊踢。

有三青獸相並，名曰雙雙。

《大荒南經》提到，南海之外，赤水西岸，流沙東邊，有一種野獸叫雙雙，是三隻青色的野獸合體而成，牠有三個頭，卻只有一個身子。

雙雙亦有另一種形象，是由三隻青鳥合體的。有三個頭、三個身子、三條尾巴，卻只有兩隻腳。這三隻動物雖然合在一起，卻各具獨立的心智。

蠪蛭 lóng zhì

《東次二經》

又南五百里，曰鳧麗之山。其上多金玉，其下多箴石。有獸焉，其狀如狐而九尾，九首、虎爪，名曰蠪姪，其音如嬰兒，是食人。

安徽境內的鳧麗山有許多金屬礦物和美玉，山下盛產可製成醫療針具的箴石。山裡有一種野獸名叫蠪蛭，長得像狐狸，有九條尾巴、九個頭，還有老虎般銳利的爪子，叫聲就像嬰兒在啼哭，會吃人。

弔詭的是，《山海經》中叫聲如嬰兒的怪獸，多為食人的凶猛惡獸，會以天真、撒嬌的嬰兒聲誘騙人。

峳峳 yōu yōu

《東次二經》

又南五百里，曰䃌山。
南臨䃌水，東望湖澤。
有獸焉，其狀如馬而羊目，
四角、牛尾，
其音如嗥狗，其名曰峳峳，
見則其國多狡客。

從鳧麗山往南五百里，有一座䃌山，山的南邊有䃌水經過，往東眺望可看到湖澤。䃌山裡的野獸叫峳峳，外型像馬，卻有羊的眼、牛的尾，頭上還長了四隻角，發出的叫聲就像狗吠。

峳峳是不祥之獸，出現的地方會有奸狡的小人。

蜚 fěi

《東次四經》

又東二百里，曰太山。上多金玉、楨木。有獸焉，其狀如牛而白首，一目而蛇尾，其名曰蜚。行水則竭，行草則死，見則天下大疫。

《東次四經》敘述的範圍偏於東北疆，從東邊濱海的北號之山（札格第嶺）起，一直到太山（悉和太嶺），大約是在今吉林省、黑龍江省、西伯利亞東南一帶。太山上有許多金屬礦物和美玉，還有許多終年不凋的楨樹。山中的野獸叫蜚，外型像普通的牛，只有一隻眼睛長在臉部正中央，尾巴則像蛇。相傳牠走到水邊，水就會乾涸，走過有草的地方，草也會枯死，只要一出現就有瘟疫，是一種會帶來災禍的異獸。

獙獙 bì bì

《東次二經》

又南三百里，曰姑逢之山。無草木，多金玉。有獸焉，其狀如狐而有翼，其音如鴻雁，其名曰獙獙。見則天下大旱。

《東次二經》敘述的範圍在今山東、江蘇、朝鮮半島一帶，也是濱海之地。

其中位於韓國全羅南道的姑逢山，雖然草木不生，但盛產金屬礦物和美玉。山裡有一種外型像狐狸的怪獸名叫獙獙，背上雖然長了一對翅膀，卻無法飛行，叫聲有如鴻雁一般。傳聞一出現就會有旱災。

獺 jié

《中次四經》

又西一百二十里，曰釐山，
其陽多玉，其陰多蒐。
有獸焉，其狀如牛，蒼身，
其音如嬰兒，是食人，其名曰犀渠。
滽滽之水出焉，而南流注於伊水。
有獸焉，名曰獺，
其狀如獳犬而有鱗，其毛如彘鬣。

《中次四經》所描述的範圍為釐山山脈（洛陽西南的熊耳山），位在洛水之南、伊水之北。

釐山的南面盛產美玉，北面則盛產紫紅色的蒐草，可以做為染料。滽水發源於此，往南注入伊水，水邊有一種奇獸叫作獺，外型像發怒的狗，身上卻有鱗，而且鱗甲的隙縫間，長出又長又硬的毛，就好像豬鬃一般。

并封 bìng fēng

《海外西經》

巫咸國在女丑北，右手操青蛇，左手操赤蛇。在登葆山，群巫所從上下也。并封在巫咸東，其狀如彘，前後皆有首，黑。

《海外西經》描述的範圍是從西南隅到西北隅的國家和地區。

在山西南部有個巫咸國，有人左手握著一條紅蛇，右手握著一條青蛇。相傳登葆山是巫師上下天庭的天梯，他會將百姓的祈願傳達給天帝，再把天帝的旨意轉達給人民。

在國境東邊有一種怪獸叫并封，全身長滿黑毛，模樣長得像豬，但形狀頗為怪異，身體的前後各長了一個腦袋。《大荒西經》裡的屏蓬也是兩頭獸，只不過是左右並置。聞一多在〈伏羲考〉裡提到，無論是前後兩頭或左右兩頭，并封和屏蓬應該是指同一種動物。并、逢都有合併的意思，意指雌雄同體。

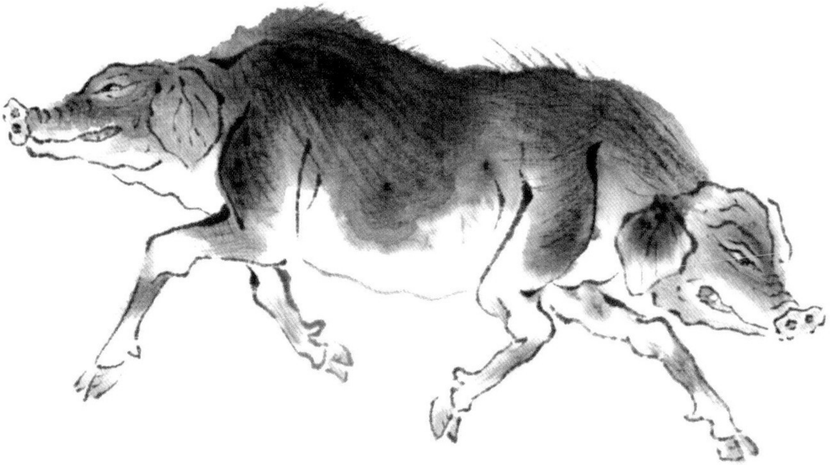

乘黃

chéng huáng

《海外西經》

白民之國在龍魚北，白身披髮。有乘黃，其狀如狐，其背上有角，乘之壽二千歲。

陝北高原古代有個白民國，那裡的人皮膚是白的，常披散著頭髮。當地有一種野獸乘黃，長得像狐狸，背上還有兩隻角。乘黃是一種祥獸，長了龍的翅膀，可以飛翔，人們要是騎了牠就能活到兩千歲。

《周書》、《漢書》等古籍也記載，外型像狐狸的乘黃像馬，因此乘黃一般用來指良馬。杜甫的詩作〈韋諷錄事宅觀曹將軍畫馬圖〉說：「將軍得名三十載，人間又見真乘黃。」

旄馬

máo mǎ

《海內南經》

旄馬，其狀如馬，
四節有毛，
在巴蛇西北，高山南。

《海內南經》敘述的範圍從東南方向西南延伸，經中除了奇特的人物和神話，還有些奇異的國家，以及一些與神話人物相關的山水。

傳說在西方有個巴國，那裡有種奇特的大蛇叫作巴蛇。巴國附近有一種野獸叫旄馬，外型像普通的馬，但四肢的關節上都長了長毛，牠所生長的地方，位在巴蛇所在地的西北，一座名為高山的山南。

《穆天子傳》指周穆王西狩時，曾以旄馬、豪牛、龍狗和豪羊來祭祀山神。

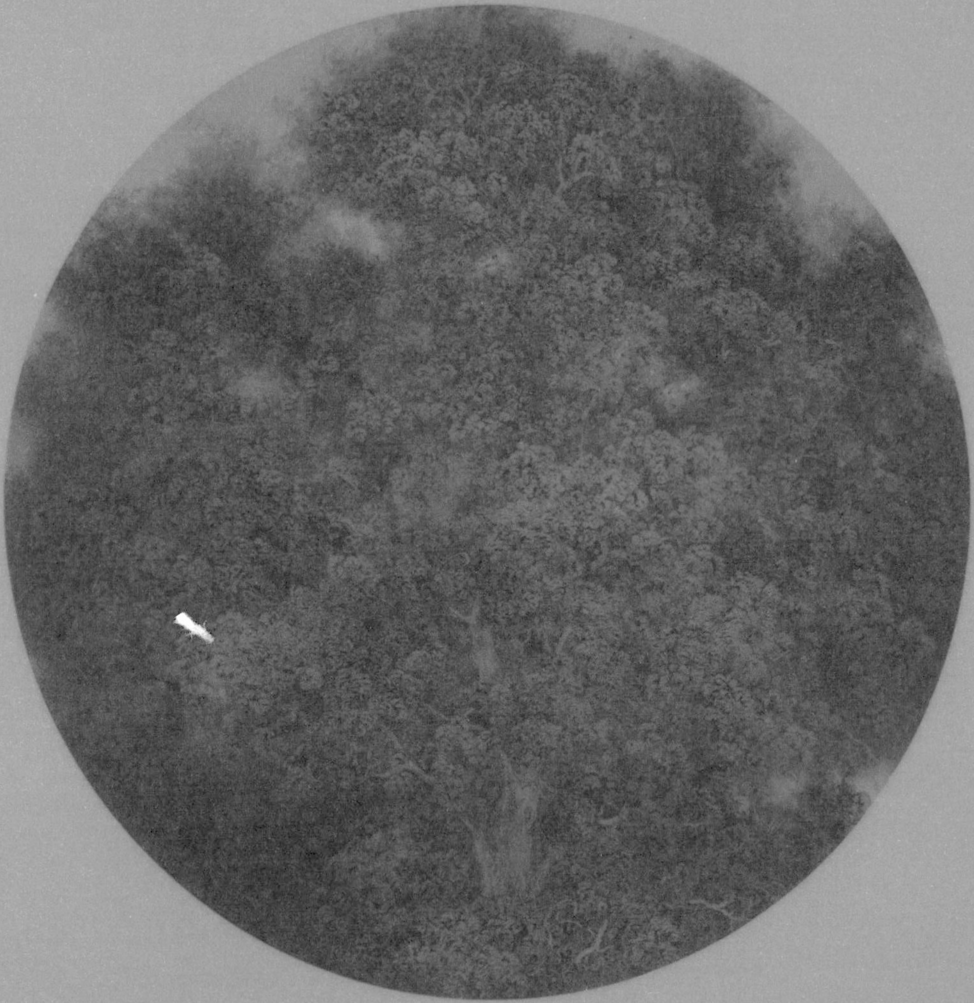

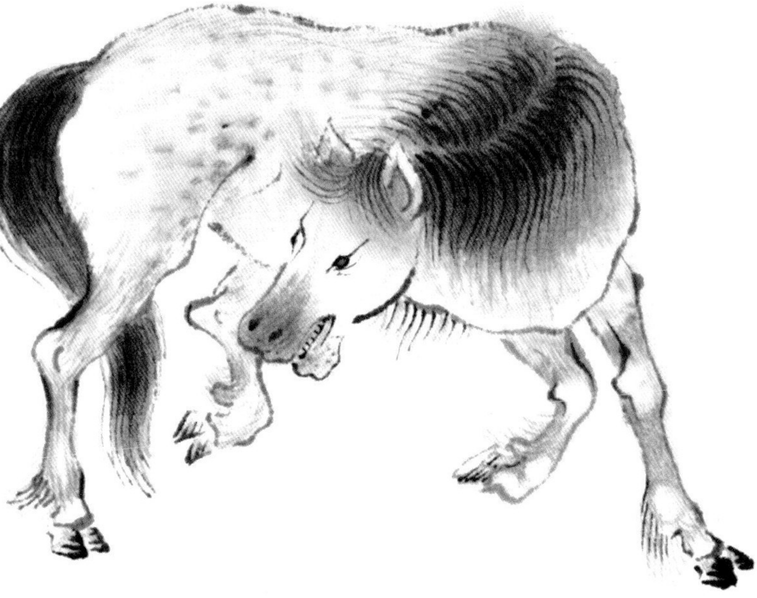

夔 kuí

《大荒東經》

東海中有流波山，入海七千里。其上有獸，狀如牛，蒼身而無角，一足，出入水則必風雨，其光如日月，其聲如雷，其名曰夔。黃帝得之，以其皮為鼓，橛以雷獸之骨，聲聞五百里，以威天下。

東海外大約七千里有座流波山，山上的野獸叫夔，外型像牛，身體是青色的，頭上沒有角，卻只有一隻腳，出入海水時必定有風雨相伴，身上的鱗甲發出的光，就像太陽和月亮，牠的吼叫聲就像打雷般。古越人又稱牠為「山繰」。

相傳黃帝和蚩尤作戰時，捉了這種動物，剝了皮，製成一面鼓，又把雷澤中雷獸的骨頭當作鼓槌，用這根鼓鎚敲打夔鼓，聲響震天，五百里外都聽得見。黃帝就用這面戰鼓，加上獸陣神兵，以及應龍、女魃等神人，把蚩尤、夸父族打得落花流水。

騶虞

zōu yú

《海內北經》

林氏國有珍獸，大若虎，五彩畢具，尾長於身，名曰騶虞，乘之日行千里。

騶虞又名騶吾，是林氏國的神獸，像老虎一樣大，身上有五彩的斑紋，尾巴比身體還長，騎乘牠可以日行千里。

騶虞是祥瑞之獸。《毛詩傳》說：騶虞就是白虎，牠不吃生物，不踏草木，君王若是施行德政就會出現，因此被視為是仁德忠義的象徵。中國歷代文人多有詩文為之讚頌，如白居易的〈騶虞畫贊〉、司馬相如的〈封禪頌〉、蔡邕的〈五靈頌〉等。

跊踢 chù tī

《大荒南經》

南海之外，赤水之西，流沙之東，有獸，左右有首，名曰跊踢。

《大荒南經》與《海外南經》裡的遠方異國，其中有些相同或者相似的記載，比如羽民國、不死國、焦饒國等。另外還有《大荒南經》提到，但不見於《海外南經》的奇獸異禽。

比如在南海之外，赤水的西邊，流沙的東面，有一種怪獸名叫跊踢，身體的左右各長了一個腦袋，據說肉味極美。

跊踢和并封、屏蓬這類雙頭獸，都是雌雄合體的野獸，在遠古的壁畫、青銅器和玉器上常見。

驒 hún

《北次三經》——

北次三經之首，曰太行之山。
其首曰歸山，
其上有金玉，其下有碧。
有獸焉，其狀如麢羊而四角，
馬尾而有距，其名曰驒，
善還，其名自訆。

《北次三經》起自太行山脈，太行山脈的第一座山是歸山，山上盛產金屬礦物和美玉，山下有珍貴的碧玉。山裡有一種怪獸，樣子是普通的羚羊，頭上有四隻角，有跟馬一樣的尾巴，還有雞一般的爪子，名字叫驒。這種動物喜歡盤旋起舞，叫聲就像是在呼喚自己的名字。

李時珍在《本草綱目》中描述，驒就是山驢之類的動物。

𪃿 chǎng 鳺 fū

《南次一經》

又東三百里，曰基山，其陽多玉，其陰多怪木。有獸焉，其狀如羊，九尾四耳，其目在背，其名曰猼訑，佩之不畏。有鳥焉，其狀如雞而三首、六目，六足、三翼，其名曰𪃿鳺，食之無臥。

《南次一經》所敘述的範圍從中越分界的鵲山（橫跨廣西、廣東、江西、湖南的南嶺山脈），到浙閩分界的箕尾山脈（位於福建），共有十大山脈，橫跨了雲南、廣西、廣東、江西、福建五個省。

位於廣東的基山上有一種鳥，長得像雞，卻有三個頭、六隻眼睛、六隻腳、三個翅膀，名叫𪃿鳺，相傳吃了牠的肉，即使睡眠很少也不會感到疲倦。有趣的是，這鳥的三個頭，常常意見不和發生爭執而彼此互啄。

鴸 zhū

《南次二經》

南次二經之首曰柜山，
西臨流黃，北望諸毗，東望長右。
英水出焉，西南流注於赤水。
……
有鳥焉，其狀如鴟而人手，
其音如痺，其名曰鴸，
其名自號也，見則其縣多放士。

《南次二經》第一座山是柜山，西臨流黃酆氏國和流黃辛氏國，向北望可以看到諸毗山，往東則望見長右山。山裡有一種鳥名為鴸鳥，長得像老鷹，爪子卻像人的手，叫聲就像在呼喚自己的名字。鴸是不祥之鳥，一出現就會有許多人被流放。

古籍中的鴸，還有另一種形象；人面鳥身，爪如人手。傳說堯的兒子丹朱，生性頑劣凶殘，因此堯將帝位傳給了舜，而把丹朱放逐到南方的丹水。丹朱與當地的三苗首領聯合反抗堯，結果三苗的首領被殺，丹朱投海自殺，魂魄化為鴸鳥，整天發出「朱～朱」的叫聲。

瞿如 jù rú

《南次三經》——

東五百里，曰禱過之山，
其上多金玉，其下多犀、兕，多象。
有鳥焉，
其狀如鵁而白首、三足、人面，
其名曰瞿如，其鳴自號也。

南方有座禱過山，山上盛產金屬礦物和玉石，山裡的野獸有犀牛、兕和大象，還有一種鳥，外型就像能涉水覓食的鵁鳥，頭是白色的，長著一張人臉，還有三隻腳，名叫瞿如，叫聲就像在呼喚自己的名字。

在《山海經》眾多圖譜中，瞿如還有另外的樣子。胡文煥說：瞿如的身體像一般鳥類，長了三個鳥頭、兩隻腳，頭是白色的，尾巴很長。郭璞的描述則是：鳥身鳥頭，只有一個頭，卻有三隻腳。

顒 yóng

《南次三經》

又東四百里，曰令丘之山。無草木，多火。其南有谷焉，曰中谷，條風自是出。有鳥焉，其狀如梟，人面四目而有耳，其名曰顒，其鳴自號也，見則天下大旱。

南方的令丘山上草木不生，山裡多野火。山南有座峽谷叫中谷，春天常颳東北風。山裡的鳥叫作顒，外型像貓頭鷹，卻長了一張人臉，有四個眼睛，還有耳朵，叫聲就像在呼喚自己的名字，一旦出現，就表示將有嚴重的旱災。

相傳明萬曆二十年，豫章（今南昌）的城寧寺有顒鳥聚集，但當地的燕雀卻極為排斥這些顒鳥，紛紛鼓譟。結果當年的五月至七月間，豫章酷暑難耐，久旱不雨。

古代圖譜中，顒的形象有幾種；除了人面鳥身四目有耳外，還有人面鳥身二目有耳，以及鳥身鳥頭四目等。

橐𩇯

tuó féi

《西次一經》

又西七十里，曰羭次之山，
漆水出焉，北流注於渭。
其上多棫橿，其下多竹箭，
其陰多赤銅，其陽多嬰垣之玉。
有獸焉，其狀如禺而長臂，
善投，其名曰囂。
有鳥焉，其狀如梟，
人面而一足，曰橐𩇯，
冬見夏蟄，服之，不畏雷。

秦嶺山脈中有座羭次山（終南山），漆水發源於此，往北注入渭水。山上有許多矮小的棫橿樹，山下則有茂密的竹林，山北產赤銅，山南多玉石，可製成飾品。山裡的鳥長得像貓頭鷹，有著人的面孔，只有一隻腳，名叫橐𩇯。

一般動物都在冬天冬眠，牠卻在夏天休眠，冬天則到處活動。而且夏日休眠時，打雷都無法驚醒牠，因此配戴牠的羽毛可以防雷擊。

《河圖》中記載，獨腳鳥是祥瑞的象徵，看見牠就會變得勇猛強悍。據說南朝將滅之時，有獨腳鳥聚集在宮殿庭院，用嘴在地上畫了文字，那些獨腳鳥就是橐𩇯。

鸓 lěi

《西次一經》

又西二百里，曰翠山，
其上多椶枏，其下多竹箭，
其陽多黃金、玉，
其陰多旄牛、麢、麝；
其鳥多鸓，其狀如鵲，
赤黑而兩首四足，可以禦火。

翠山上有許多棕樹，山下則多竹林，山南盛產黃金、美玉，山北有許多旄牛、羚羊和麝。山裡的禽類大多為鸓，長得像鵲鳥，卻有兩個頭、四隻腳，身上的羽毛為紅黑兩色，相傳養這種鳥可以避火。

但是讓人難以理解的是，要怎麼用鳥來防禦火災呢？郭璞說：這種鳥多半蓄養在家，可以利用牠的羽毛。而所謂防禦的原理，是依據顏色的交感巫術產生靈力，因為這些神鳥都有紅色的特質（紅羽、赤喙、赤身、赤足等），而「以赤禦火」的原理，應該就是「同類相剋」吧！

鳧徯
fú xī

《西次二經》——

又西二百里，曰鹿臺之山，
其上多白玉，其下多銀，
其獸多㸲牛、羬羊、白豪。
有鳥焉，其狀如雄雞而人面，
名曰鳧徯，其鳴自訆也，
見則有兵。

遠古的人類，生活環境中不斷地會遭遇各種災厄；不論水災、旱災、風災、蝗災、兵災等，都會帶來極大的破壞力，讓人們產生生存的危機感，因此具備預知的能力，也是先民所渴求的。巫術就是在這種情況下產生的。

《西次二經》記載，甘肅東邊的鹿臺山，山上盛產白玉，山下產銀，山裡的野獸多為㸲牛、羬羊和白色的豪豬。這裡有一種鳥長得像雄雞，卻有一張人臉，名叫鳧徯，叫聲就像在呼喚自己的名字，一出現就會有戰亂發生。

蠻蠻 mán mán

《西次三經》——

西次三經之首，曰崇吾之山，
在河之南，北望冢遂，南望䍃之澤，
西望帝之搏獸之丘，東望螞淵。
……
有鳥焉，其狀如鳧，
而一翼一目，相得乃飛，
名曰蠻蠻，見則天下大水。

崇吾山位在黃河南岸，向北可遠眺冢遂山，向南可望見䍃澤，往西則可見天帝的搏獸丘。山中有一種奇鳥名叫蠻蠻，外型像水鳥，但只有一個翅膀和一隻眼睛，必須兩隻鳥合體才能飛行，一旦出現就會發生水災。

郭璞說：蠻蠻就是比翼鳥。不過，古籍中的比翼鳥是祥瑞的象徵，而蠻蠻卻會帶來洪水的災難，可見特徵不同。

畢方 bì fāng

《西次三經》

又西二百八十里，曰章莪之山，無草木，多瑤碧。所為甚怪。有獸焉，其狀如赤豹，五尾一角，其音如擊石，其名如猙。有鳥焉，其狀如鶴，一足，赤文青質而白喙，名曰畢方，其鳴自訆也，見則其邑有譌火。

《西次三經》記載，西方的章莪山有一種神鳥名叫畢方，外型像鶴，只有一隻腳，嘴是白色的，羽毛是青色的，上面有紅色的斑紋，叫聲就像在叫喚自己的名字。一旦出現，就會莫名其妙地發生火災。

《淮南子》說：畢方是樹木的精靈所變的，不食五穀。《韓非子》則說：黃帝在泰山聚集鬼神時，乘坐著六條蛟龍牽引的戰車，戰車旁隨侍的就是畢方。但《海外南經》裡描述的畢方，形象卻是人面的獨腳鳥。

䳐 chī

《西次三經》——

又西二百二十里，

曰三危之山，三青鳥居之。

是山也，廣員百里。

……

有鳥焉，一首而三身，

其狀如鸈，其名曰䳐。

敦煌附近有座三危山，相傳西王母的使者三青鳥，

就棲息在此山。

三危山有一種䳐鳥，一個頭，卻有三個身子，外型

長得像鸈鳥。郭璞說：䳐鳥長得像大鷹，身上有黑

色的花紋，頸部是紅色的。

鵸鵌 qí yú

《西次三經》——

西水行百里，至於翼望之山，
無草木，多金玉。

……

有鳥焉，其狀如烏，
三首六尾而善笑，名曰鵸鵌，
服之，使人不厭，又可以禦凶。

《西次三經》記載，現今烏魯木齊北邊有座翼望山，山上沒有花草樹木，但盛產金玉。山裡的鳥叫作鵸鵌，長得像烏鴉，卻有三個腦袋、六條尾巴，叫聲像人的笑聲，吃了牠的肉，就不會做惡夢，而且還能除凶避邪。

而《北山經》提到的鵸鵌，卻稍有不同；長得也像烏鴉，身上有五彩斑斕的紅色紋路，雌雄同體，吃牠的肉可以治毒瘡。

人面鴞

rén miàn xiāo

《西次四經》

西南三百六十里，曰崦嵫之山，
其上多丹木，其葉如穀，
其實大如瓜，赤符而黑理，
食之，已癉，可以禦火。
……
有鳥焉，其狀如鴞而人面，
蜼身犬尾，其名自號也，
見則其邑大旱。

《西次四經》提到，在今青海西寧附近的崦嵫山上有一種鳥，長得像貓頭鷹，卻有人的臉、猴子的身體，還有一條狗尾巴，叫聲就像在呼喚自己的名字，只要一出現就有大旱。

古籍圖譜中，人面鴞的形象，除了人面鳥形之外，還有人面獸形。胡文煥則說：這種動物是人面熊身，尾巴像狗，身上有翅膀。與《西次四經》的原典記載不同。

寓鳥 yù niǎo

《北次一經》

又北三百八十里，曰虢山，其上多漆，其下多桐椐。其陽多玉，其陰多鐵。伊水出焉，西流注於河。其獸多橐駝，其鳥多寓，狀如鼠而鳥翼，其音如羊，可以禦兵。

山西省北部有座虢山，山上有許多漆樹，山下遍佈梧桐和椐樹；山南盛產美玉，山北則產鐵礦。伊水發源於此，向西注入黃河。虢山的山裡有一種鳥類叫寓鳥，長得很像老鼠，有著鳥一般的翅膀，叫聲卻像羊。據說飼養這種動物可避凶險，不受兵災之苦。

寓鳥是蝙蝠類的動物。《爾雅》、《廣韻》等古籍裡都有類似的動物。

竦斯
sǒng sī

《北次一經》

又北三百二十里，曰灌題之山，
其上多樗柘，其下多流沙，多砥。
……
有鳥焉，其狀如雌雉而人面，
見人則躍，名曰竦斯，
其鳴自呼也。

新疆、蒙古交界處有一座灌題山，山上有許多柘樹，山下到處是流沙，還有許多可製磨刀石砥的石。山裡有一種鳥叫作竦斯，長得像雌的野雞，卻有張人的臉孔，一見到人就跳躍起來，叫聲就像在呼喊自己的名字。

《駢雅》說：竦斯是雉雞之類的鳥類。古圖譜中，有的竦斯不是人面，而是鳥頭。

鵿鶥 pán mào

《北次二經》——

又北三百里，曰北囂之山，無石，其陽多玉。

……

有鳥焉，其狀如烏，人面，名曰鵿鶥，宵飛而晝伏，食之，已暍。

《山海經》有些奇特的動物，主要的功能就是用來服食或配戴，可以解除疾疫和災厄。

古時候的人，不論居家生活或是在外跋涉，經常會碰到疲勞倦怠、飢渴受凍的情況，於是希望能服食或配戴具有巫術效果的神物，比如《北次二經》裡的鵿鶥，似可傳達一種奇妙的力量，達到不倦、不飢、不睡的神奇效果。

北囂山（今小興安嶺）上，有一種鳥叫作鵿鶥，外型像烏鴉，卻有人的面孔。牠的作息很特別，白天休息，夜幕降臨才出來捕食蚊蟲。吃牠的肉可治中暑和頭風。而鵿鶥的形象也有非人面的，完全是鳥的外型。

嚻鳥 xiāo niǎo

《北次二經》

又北三百五十里，曰梁渠之山，無草木，多金玉。修水出焉，而東流注於雁門。

……

有鳥焉，其狀如夸父，四翼、一目、犬尾，名曰嚻，其音如鵲，食之，已腹痛，可以止衕。

服食奇特動物的功能，就是為了治療疾病；不論是內疾、外傷，或是精神上的耗損，傳統上有一些適用的特殊療法，但這一類的藥材並不常見。

《北次二經》中提到，梁渠山（今山西雁門山）上草木不生，盛產金玉。修水發源於此，向東注入雁門水。山裡有一種鳥，外型像《西次三經》中提到的夸父（或稱舉父，狀似猿猴），牠有四個翅膀、一隻眼睛、一條狗尾巴，名字叫作嚻，叫聲像喜鵲。相傳吃了牠的肉可以治療腹痛和腹瀉。

鵁 fén

《北次三經》——

北次三經之首曰太行之山。其首曰歸山，其上有金玉，其下有碧。

……

有鳥焉，其狀如鵲，白身、赤尾、六足，其名曰鵁，是善驚，其鳴自詨。

《北次三經》裡第一座山脈是太行山，太行山的第一座山為歸山（位於山西與河南交界處），山上有一種鳥名叫鵁，外型像一般的喜鵲，身體是白色的，有紅色的尾巴，還有六隻腳，叫聲就像在呼喊自己的名字。這種鳥非常警覺，很容易受到驚嚇。

《廣韻》記載，鵁的形象，除了白身、赤尾、六足外，還加上「三目」，意即這種鳥有三個眼睛，可以眼觀八方，非常的敏銳。

馱鳥 dà niǎo

《中次五經》

東三百里，曰首山，
其陰多穀柞，其草多苿芫，
其陽多㻬琈之玉，木多槐。
其陰有谷，曰機谷，
多馱鳥，其狀如梟而三目，有耳，
其音如錄，食之已墊。

《中次五經》敘述的範圍，大約是在現今的陝西、山西、河南一帶，東從河南安陽附近的朝歌山，到陝西渭南南方的陽虛山。其中位於山西永濟附近有座首山（首陽山），山的北面長了許多構樹和柞樹，並有蒼朮、白朮及芫華多種藥草。山南盛產㻬琈之玉，樹木則以槐樹為主。山北有個峽谷，名為機谷，谷裡有許多馱鳥，長得像貓頭鷹，有三隻眼睛，還有耳朵，叫聲像鹿或豬的聲音。吃牠的肉可以治濕氣病。

𧉫鼠 zī shǔ

《東次一經》

又南三百里，曰栒狀之山，

其上多金玉，其下多青碧石。

……

有鳥焉，其狀如雞而鼠毛，

其名曰𧉫鼠，見則其邑大旱。

《東次一經》裡敘述，東邊有座栒狀山（位於山東濟南北邊），山上盛產金屬礦物和玉石，山下有許多青色的碧石。山裡有一種鳥類，外型像雞，身上披著鼠毛，名叫𧉫鼠，一出現當地就會大旱。有些古籍說：這種動物的尾巴像老鼠尾巴。

酸與

suān yǔ

《北次三經》——

又南三百里，曰景山，

南望鹽販之澤，北望少澤，

……

有鳥焉，其狀如蛇，

而四翼、六目、三足，名曰酸與，

其鳴自訆，見則其邑有恐。

古人認為，一個國家雖然是由統治者所管理，但卻是那個更為崇高、更為莊嚴的天，託他來管轄的。若是天下治理得很好，就會顯現祥瑞之兆，以資鼓勵；若是治理得不上軌道，民怨四起，就會出現凶兆，加以警示，統治者就該要反省改過了。

山經中的動物，既有吉兆也有凶兆，就像有些動物一出現，就代表有大恐慌或災厄將會發生。比如《北次三經》說：景山（今河北贊黃山）有一種鳥叫酸與，看起來像蛇，有兩對翅膀、六隻眼睛、三隻腳，叫聲就像在叫喚自己的名字。一旦出現，當地就會發生可怖紊亂的事。郭璞則說：吃牠的肉可以千杯不醉。

跂踵 qí zhǒng

《中次十經》——

又西二十里，曰復州之山，其木多檀，其陽多黃金。有鳥焉，其狀如鴞，而一足彘尾，其名曰跂踵，見則其國大疫。

《中次十經》的範圍從首陽山到丙山，大約在渭水源流與長江源流之間，為黃帝、顓頊神話中常提及的名山。像當年黃帝鑄鼎煉丹、採銅的首山，涿山為顓頊母的屬山。其中的復州山，山上有許多檀樹，山南盛產黃金。山裡有一種怪鳥長得像貓頭鷹，只有一隻腳，身後還有一條豬尾巴，名叫跂踵。一旦出現就會發生瘟疫。

《海外北經》提到跂踵國，位在拘纓國的東邊，那裡的人不僅長得高大，兩隻腳也很大，所以又稱大踵國。郭璞的注說：跂踵國人走路時，腳跟不著地。所以跂踵也是形容踮起腳跟的樣子，引申為有企求、仰慕之意。

鸀鳥 shú niǎo

《大荒西經》

有互人之國。炎帝之孫名曰靈恝，靈恝生互人，是能上下於天。……有青鳥，身黃，赤足，六首，名曰鸀鳥。

《大荒西經》中有一個互人國，是炎帝的孫子靈恝的後代。傳說互人國的人，可以乘雲駕霧的上天下地。郝懿行說：互人國即《海內南經》中的氐人國。氐人的形象是人面魚身，有白皙的人臉，胸部以下則為魚的身子，沒有腳。

互人國有一種青鳥，身體是黃色的，腳是紅色的，有六個頭，名叫鸀鳥。

旋龜 xuán guī

《南次一經》

又東三百七十里，曰杻陽之山，
其陽多赤金，其陰多白金。
……
怪水出焉，而東流注於憲翼之水。
其中多旋龜，其狀如龜而鳥首虺尾，
其名曰旋龜，其音如判木，
佩之不聾，可以為底。

怪水（今廣東北江）發源於杻陽山，水中有許多旋龜，外型像普通的烏龜，卻長著鳥頭和蛇的尾巴。若是配戴旋龜的殼，除了能夠治療耳聾，還可以治療老繭。牠的叫聲很特別，就像砍材的聲音。

傳說大禹治水時，應龍在前面用尾巴劃地，指引禹沿著它所劃的地方開鑿水道，旋龜的背上則馱著息壤，跟在禹的身後，以便禹能將一塊塊的息壤取來投向大地，息壤落到地面後迅速生長，很快地就把洪水給填平了。

《中次六經》也提到旋龜，說這種動物多出現在密山旁的豪水，叫聲也像木頭裂開的聲音，但外型是鳥頭、龜身、鱉尾。

鯥魚 lù yú

《南次一經》

又東三百里，曰柢山，多水，無草木。有魚焉，其狀如牛，陵居，蛇尾有翼，其羽在魼下，其音如留牛，其名曰鯥，冬死而夏生，食之無腫疾。

廣東的柢山有許多河流，山上怪石嶙峋沒有草木。這裡有一種奇怪的魚，長得像牛，住在山坡上，有著蛇一般的尾巴，還有翅膀，而且肋下有羽毛，叫聲像犁牛，名叫鯥魚。牠會在冬天冬眠，夏天才甦醒過來，吃牠的肉可以預防癰腫。

赤鱬 chì rú

《南次一經》

又東三百里，曰青丘之山，其陽多玉，其陰多青雘。……英水出焉，南流注於即翼之澤。其中多赤鱬，其狀如魚而人面，其音如鴛鴦，食之不疥。

位於廣東的青丘山，南邊盛產玉石，北邊有許多可製顏料的青雘。英水發源於此，往南流入即翼澤。水中有許多赤鱬，身體是魚，卻有一張人臉。叫聲像鴛鴦，吃了牠的肉可以治疥瘡。

古圖譜中，除了人面魚身之外，赤鱬還有另一種形象是魚的形狀，但非人面。

肥𧔥 féi yí

《西次一經》——

又西六十里，曰太華之山，削成而四方，其高五千仞，其廣十里，鳥獸莫居。有蛇焉，名曰肥𧔥，六足四翼，見則天下大旱。

自然界的災害中，對於人類影響最為嚴重的，不外乎水災旱災。若長期氣候炎熱缺水，土地龜裂、乾旱，不但影響農作物的收成，災情很可能擴及人畜，帶來饑荒或是瘟疫，所以乾旱是早期農業社會最令人擔憂的天災之一。

旱災的象徵是蛇。依據先民實際生活經驗，大蛇、怪蛇多藏身於幽壑之中，一旦久旱不雨，便會爬出山谷，因而成為大旱的徵兆。

《西次一經》說：西嶽華山有一種大蛇，名叫肥𧔥，有六隻腳、四個翅膀，一旦出現，就表示大旱將至。古圖譜中，肥𧔥除了蛇身六足、四翼的造型之外，還有蛇頭、龍身、蛇尾。

文鰩魚

wén yáo yú

《西次三經》

又西百八十里，曰泰器之山。觀水出焉，西流注於流沙。是多文鰩魚，狀如鯉魚，魚身而鳥翼，蒼文而白首、赤喙，常行西海，遊於東海，以夜飛。其音如鸞雞，其味酸甘，食之已狂，見則天下大穰。

《山海經》中的動物比植物更具神祕色彩，因為植物的功能大多是在醫療方面，屬於一種自然素樸的經驗科學。但在動物部分，則仍停留在巫術的狀態，不論服食或配戴來除病解厄，或是預卜吉凶，其巫術性多半大於科學性，因此不少人將山海經視為「巫者之書」。

比如，觀水中的文鰩魚，外觀像鯉魚，有著鳥的翅膀，身上有青蒼色的花紋，頭部白色，嘴巴赤紅。牠喜歡在夜間飛行，常出沒於西海和東海上，叫聲像鸞雞。肉味酸甜，吃了可以治好癲狂症，而且一出現就會大豐收。

何羅魚 hé luó yú

《西次一經》——

又北四百里，曰譙明之山。譙水出焉，西流注於河。其中多何羅之魚，一首而十身，其音如吠犬，食之已癰。

《北次一經》記載，西方的譙明山旁有一條譙水，往西注入黃河。水中有許多何羅魚，這種魚只有一個頭，卻有十個魚身，叫聲像狗吠，吃牠的肉可以治癰腫。

而《東次四經》提到，北方的東始山旁有一條泚水，水中的茈魚長得像鯽魚，只有一個頭，卻有十個身體，發出的氣味像蘼蕪草，好玩的是，吃了牠的肉就不會放屁。

胡文煥的《山海經圖》則說：何羅魚可以剋制火災。

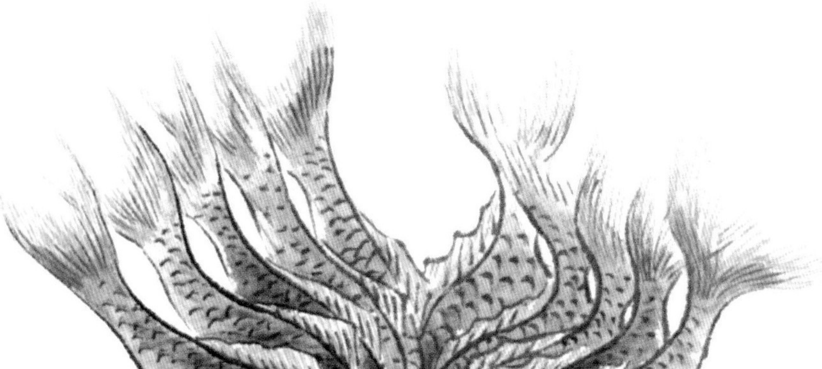

蠃魚 luǒ yú

《西次四經》——

又西二百六十里，曰邽山。

……

濛水出焉，南流注於洋水，

其中多黃貝；

蠃魚，魚身而鳥翼，

音如鴛鴦，見則其邑大水。

古代神話中，常有大水橫流、氾濫成災的敘述，人們對於水災的集體記憶由來已久，因而附會於水災的徵兆也特別多。舉凡地上的走獸、天上的飛鳥，以及水裡的魚、蛇，都有成為大水象徵的。

就像《西次四經》裡提到的蠃魚，這種魚出現在西方的濛水（今青海西寧附近）中，有著魚的身體和鳥的翅膀，叫聲像鴛鴦，一旦出現就表示會有大洪水。

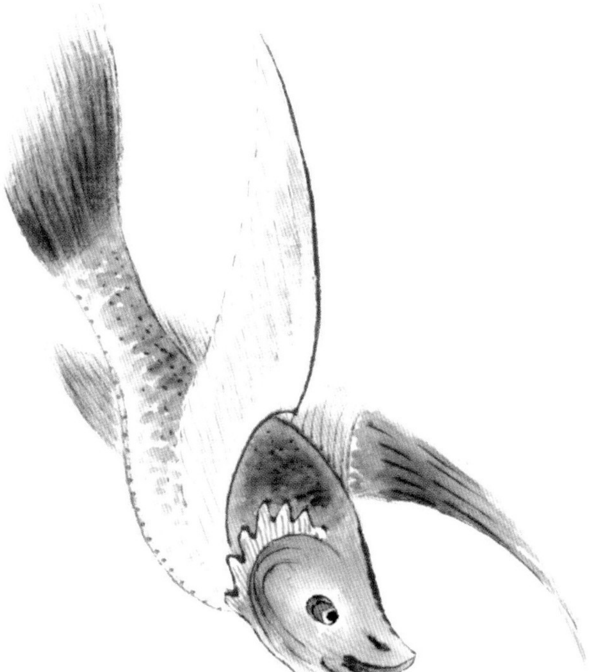

絮魮魚

rú bǐ yú

《西次四經》

又西二百二十里，曰鳥鼠同穴之山，……

濫水出於其西，西流注於漢水，多絮魮之魚，其狀如覆銚，鳥首而魚翼魚尾，音如磬石之聲，是生珠玉。

在甘肅鳥鼠同穴山的西邊，有一條濫水，往西流注於漢水。水中有一種怪魚叫絮魮魚，牠的身形特別，像是個倒扣的有柄小鍋，有著魚身魚尾，卻長了個鳥頭。叫聲像敲擊磬石的聲音，最為誘人的是，體內還能孕育出珍珠美玉。

絮魮魚是一種鳥魚共體的生物，就像珠蚌一樣，蚌殼內會長出珍珠。南朝宋人沈懷遠被流放到廣州時，寫了一本《南越志》，書中提到海中有一種文魮魚，鳥頭魚尾，叫聲像敲擊磬石的聲音，體內還會長出美玉，和《山海經》的絮魮魚非常類似。

儵魚 tiáo yú

《北次一經》

又北三百里，曰帶山，其上多玉，其下多青碧。……

彭水出焉，而西流注於芘湖之水，其中多儵魚，其狀如鷄而赤毛，三尾六足四首，其音如鵲，食之可以已憂。

帶山位於現今烏魯木齊西北邊，彭水發源於此，往西流入芘湖。水中有許多儵魚，長得像雞，有著紅色的羽毛，還有三條尾巴、六隻腳和四個腦袋。叫聲像喜鵲，吃了牠的肉可以忘卻煩憂。

胡文煥說：儵魚能辟除火災，也許是因為有紅色的羽毛，因此可剋制紅色的火焰。郝懿行則認為，經文中的「四首」應為「四目」的誤寫，因此很多圖譜中，儵魚的形象是雞的外型，只有一個頭，卻有四個眼睛。

鮮魚 bàng yú

《西次一經》

又西七十里，曰英山，其上多杻橿，其陰多鐵，其陽多赤金。禺水出焉，北流注於招水，其中多鮮魚，其狀如鼈，其音如羊。

位於陝西的英山上，生長許多可製作車輛的杻樹和橿樹，山北盛產鐵，山南則產黃金。禺水發源於此，往北流注於招水。水裡有一種怪魚名叫鮮魚，身形像鱉，發出的聲音就像羊叫。

黃一正編撰的《事物紺珠》說：鮮魚長得像烏龜，卻有魚尾和兩隻腳。

鰼鰼魚 xí xí yú

《北次一經》

又北三百五十里，曰涿光之山。
嚻水出焉，而西流注於河。
其中多鰼鰼之魚，其狀如鵲而十翼，
鱗皆在羽端，其音如鵲，
可以禦火，食之不癉。

涿光山屬於北山山系，嚻水發源於此，向西注入黃河。水中有許多鰼鰼魚，長得像鵲鳥，卻有十個翅膀，而且鱗片長在翅膀的前端，叫聲很像喜鵲，除了可以避火，如果吃了牠的肉還可治黃疸。

清代學者吳任臣在《山海經廣注》中認為，鰼鰼魚之所以能夠剋制火災，是因為這種魚的身上充滿了水氣，水能剋火，因此就有辟除火災的功能。

長蛇 cháng shé

《北次一經》

北二百八十里，曰大咸之山，無草木，其下多玉。是山也，四方，不可以上。有蛇名曰長蛇，其毛如彘豪，其音如鼓柝。

《北次一經》記載，大咸山（今新疆哈密附近）草木不生，山下產玉。山的形狀是四方形的，讓人難以攀爬。山裡有一種長蛇，身上有像豬鬃般的豪毛，叫聲像是敲擊木柝的聲音。

《淮南子》中提到后羿在洞庭湖斬修蛇，而袁珂認為修蛇就是長蛇。此處的后羿指的是遠古東夷族有窮氏的族長。孫作雲則認為，傳說中后羿擊殺各種怪獸，其實是東夷族和其他部族的爭戰，修蛇是夏部族的圖騰，因此后羿射殺修蛇，是指東夷族與夏部族太康、少康等對戰的古史。

鱳魚 cháo yú

《北次一經》——

又北二百里，曰嶽法之山。瀤澤之水出焉，而東北流注於泰澤。其中多鱳魚，其狀如鯉而雞足，食之已疣。

少咸山往北二百里有座嶽法山（今蒙古杭愛山），瀤澤水發源於此，然後往東北流入泰澤。水中有許多鱳魚，這是一種半魚半鳥的怪魚，身體像鯉魚，卻長了雞的腳，吃了牠的肉可以治贅疣（指皮膚上的息肉或纖維瘤）。

鮨魚 qí yú

《北次一經》——

又北二百里，曰北嶽之山，
多枳棘剛木。
……
諸懷之水出焉，而西流注於囂水，
其中多鮨魚，魚身而犬首，
其音如嬰兒，食之已狂。

《山海經》這些怪奇動物的功能之一，就是用來治療人們的各種疾疫。除了肉體上的外傷、病痛之外，還能治療類似精神官能症的癡呆症或癲狂病。

《北次一經》記載，蒙古中部有座北嶽山，諸懷水發源於此，往西流入囂水。水裡有許多鮨魚，牠的身體是魚，但長了一個狗頭，叫聲像嬰兒啼哭，吃了牠的肉可以療癒癲狂。

郭璞說：海中有虎鹿魚和海狶，都是魚身，但頭部像虎、鹿、豬，應該就是鮨魚之類的。郝懿行認為，鮨魚有著狗頭，應該就是海狗。

肥遺 féi yí

《北次一經》——

又北百八十里，曰渾夕之山，
無草木，多銅玉。
嚻水出焉，而西北流注於海。
有蛇一首兩身，名曰肥遺，
見則其國大旱。

《西次一經》中的肥𧕋和《北次一經》中的肥遺都是蛇類，外型差異很大。《西次一經》中的肥𧕋是六足、四翼，而《北次一經》中的肥遺，則是一個頭、兩個蛇身。但渾夕山的肥遺和太華山的肥𧕋一樣，出現都是大旱之兆。

一般古籍中，提到的肥𧕋、肥遺，或是蜲蛇、委蛇、逶蛇、延維，其實都是從「逶迤」而來，都是長的意思。原指深藏於河澤中的長蛇，神化以後成為延維（人首蛇身的神物），就是澤神，或是神蛇（具有靈性的蛇）。

人魚 rén yú

《北次三經》

又東北二百里，曰龍侯之山，無草木，多金玉。決決之水出焉，而東流注於河。其中多人魚，其狀如鯑魚，四足，其音如嬰兒，食之無癡疾。

《山海經》中的人魚，出現在《西次一經》和《北次三經》。《西次一經》裡並沒有描述人魚的外型和功用。《北次三經》則說：這種魚樣子像鯑魚，有四隻腳，叫聲像嬰兒，吃牠的肉，可以療癒瘋癲之類的精神異常。

郭璞說：人魚即鯢魚，有些像鮎魚，但有四隻腳，叫聲像嬰兒。李時珍說：鯢魚就是鯑魚，會爬樹。應該就是現在俗稱的娃娃魚一類，是一種兩棲類動物。

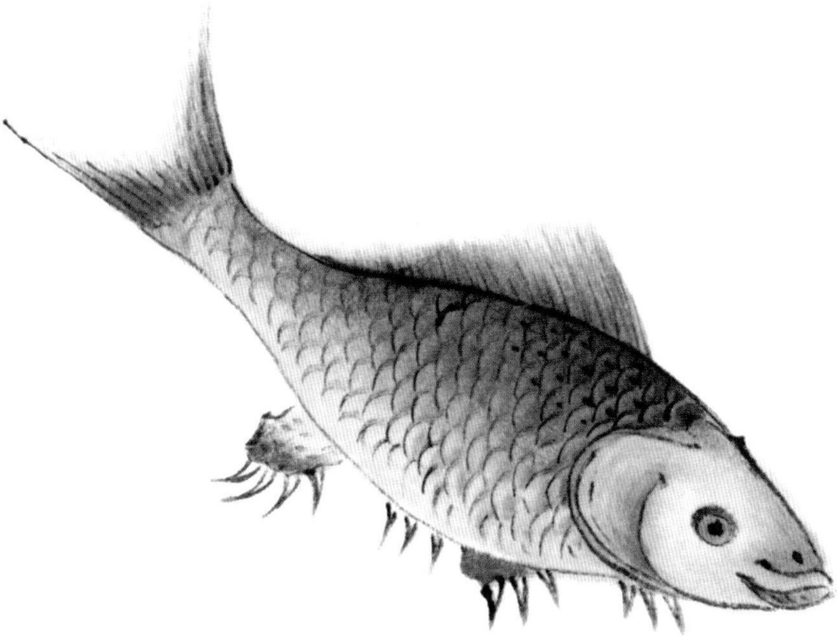

儵鳙

tiáo yóng

《東次一經》

又南三百里，曰獨山，
其上多金玉，其下多美石。
末塗之水出焉，而東流注於沔，
其中多儵鳙，其狀如黃蛇，
魚翼，出入有光，
見則其邑大旱。

《東次一經》記載，位於山東的獨山，山上盛產金玉，山下有許多漂亮的石頭。末塗水發源於此，往東流入沔水。水中有許多儵鳙，外型像黃蛇，卻長了魚一樣的鰭，出入水中時，身體會發光，一出現就表示會有旱災。

由於儵鳙出入時會發光，因此古人認為是火災的徵兆，屬於一種不祥之物。郭璞說：「儵鳙拂翼而掣耀。」是指儵鳙會震動魚鰭且發光。

珠（zhū）鱉（biē）魚（yú）

《東次二經》

又南三百八十里，曰葛山之首，無草木，澧水出焉，東流注於餘澤，其中多珠鱉魚，其狀如肺而有目，六足有珠，其味酸甘，食之無癘。

葛山山頂沒有花草樹木，澧水發源於此，向東注入餘澤。水中有一種奇怪的生物叫珠鱉魚，這種魚的外型像動物的一片肺葉，有六隻腳，肚子裡還能孕育珍珠，肉味酸中帶甜，吃了牠的肉可以防治癘氣。《呂氏春秋》提到澧水中有朱鱉，六足有珠，應是同一種動物。古籍中描述珠鱉魚眼睛的數目不一；《山海經》的經文中沒提到眼睛的數目，一般都視為兩個眼睛。但《南越志》中記載的是四目，所以有些圖譜畫了四個眼睛。胡文煥的圖說則變成六個眼睛。

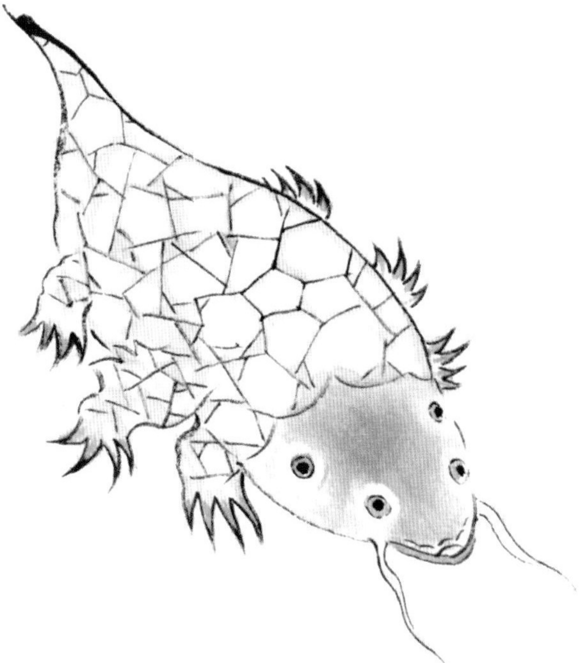

鮯鮯魚 gé gé yú

《東次三經》

跂踵之山，廣員二百里，
無草木，有大蛇，其上多玉。
有水焉，廣員四十里皆涌，
其名曰深澤，其中多蠵龜。
有魚焉，其狀如鯉，
而六足鳥尾，名曰鮯鮯之魚，
其鳴自訆。

東邊海中的跂踵山，方圓二百里，卻草木不生，山裡有許多大蛇，還盛產美玉。山上有一水潭深澤，周圍四十里內還有許多湧泉。水裡有一種大龜叫蠵龜，還有一種怪魚，外型像鯉魚，卻有六隻腳和鳥的尾巴，名叫鮯鮯魚，叫聲就像在呼喊自己的名字。

古籍中有多處提到這種魚。比如三國時期張揖編寫的《廣雅》，明代黃一正所編的《事物紺珠》和明代楊慎撰寫的《異魚贊》等書皆有記載。《山海經》也有許多這類有腳的魚，應該都是屬於兩棲類動物。

薄魚 bó yú

《東次四經》

又東南三百里，曰女烝之山，其上無草木。石膏水出焉，而西注於鬲水，其中多薄魚，其狀如鱣魚而一目，其音如歐，見則天下大旱。

往東南邊有座女烝山，山上沒有花草樹木，石膏水發源於此，往西流入鬲水。水中有許多薄魚，外型像鱔魚，但只有一隻眼睛，叫聲像是人嘔吐的聲音，一旦出現就會大旱。

這是一種象徵凶兆的動物。除了會引起旱災之外，還會引發大水和謀反。吳任臣在《山海經廣注》中提到，薄魚出現會引起大水災；唐代的《初學記》則說：薄魚出現的話，會發生大規模的叛逆事件。

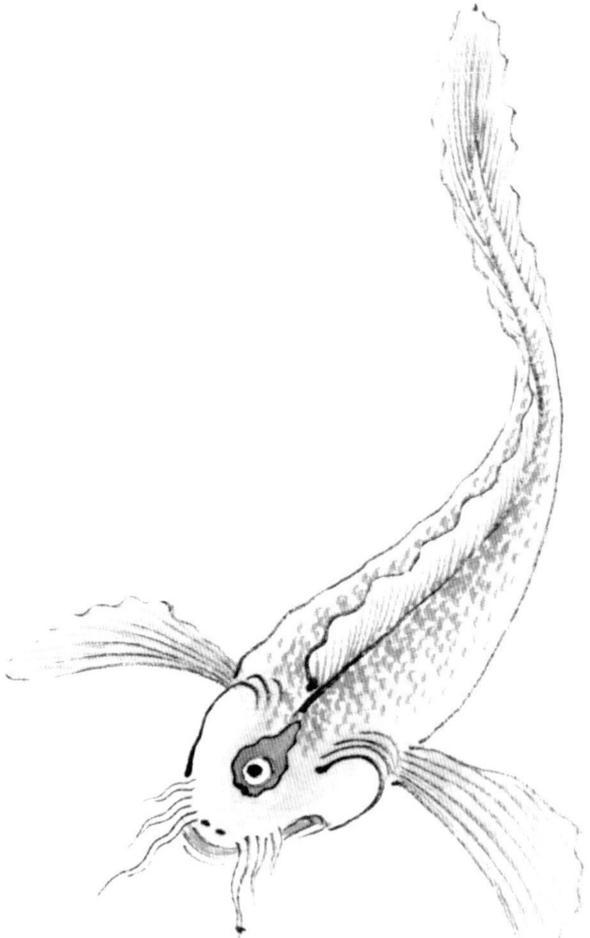

䲠魚 huá yú

《東次四經》

又東南二百里，曰子桐之山，子桐之水出焉，而西流注於餘如之澤。其中多䲠魚，其狀如魚而鳥翼，出入有光，其音如鴛鴦，見則天下大旱。

《東次四經》記載，子桐水發源於子桐山，向西流入餘如澤。水裡有許多䲠魚，外型像魚，卻有一對鳥的翅膀，出入水中身體會發光，叫聲像鴛鴦，若是出現就會引起大旱。郭璞的《圖贊》說：䲠魚會飛，飛行時還會發出光芒。

《山海經》有兩個地方提到䲠魚，除了《東次四經》外，另有《西次三經》有記載；桃水中有䲠魚，外型像蛇，有四隻腳，會吃魚。而《北次一經》提到的則是滑魚，長得像鱔魚，背是紅色的，叫聲像人支支吾吾的聲音，吃了牠的肉可以治贅疣。

鳴蛇 míng shé

《中次二經》

又西三百里，曰鮮山，多金玉，無草木。鮮水出焉，而北流注於伊水。其中多鳴蛇，其狀如蛇而四翼，其音如磬，見則其邑大旱。

《中次二經》記述的範圍是伊水流域諸山，其中的鮮水發源於鮮山，往北注入伊水。水中有許多鳴蛇，樣子像普通的蛇，卻有兩對翅膀，聲音很響亮，叫聲就像是在敲磬，只要一出現，那裡就會發生旱災。

郭璞認為，鳴蛇和化蛇是同類型動物，外型各異，但同樣都有翅膀，而且都會帶來災禍。

化蛇 huà shé

《中次二經》

又西三百里，曰陽山，多石，無草木。陽水出焉，而北流注於伊水。其中多化蛇，其狀如人面而豺身，鳥翼而蛇行，其音如叱呼，見則其邑大水。

《中次二經》記載，陽山上遍佈岩石，草木不生，陽水發源於此，往北流入伊水。水中有一種奇怪的生物名叫化蛇，身體像豺狼，卻有人的面孔、鳥的雙翼，牠不會飛，只能像蛇一樣蜿蜒爬行。叫聲就像人在喝斥的聲音，出現的地方相傳會有大水。

古圖譜中，化蛇有兩種形象：除了人面、豺身、蛇尾、鳥翼、四足外，另有人面、蛇身、鳥翼、無足。

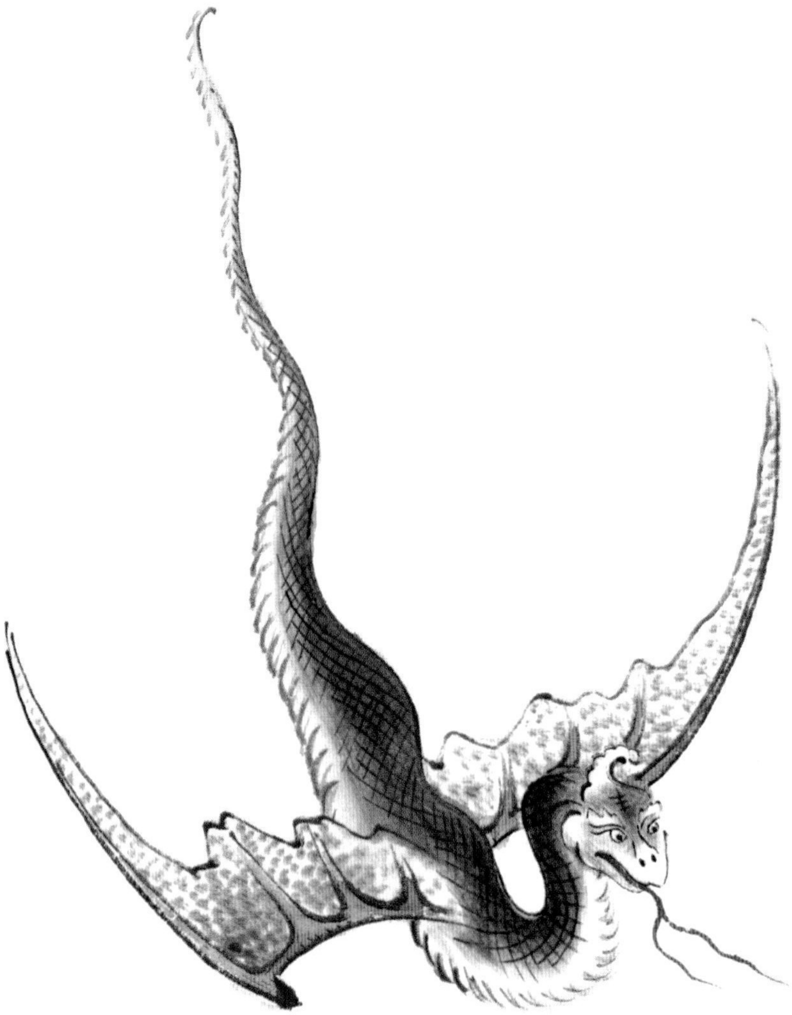

飛魚 fēi yú

《中次三經》

又東十里，曰騩山，
其上有美棗，其陰有㻬琈之玉。
正回之水出焉，而北流注於河。
其中多飛魚，其狀如豚而赤文，
服之不畏雷，可以禦兵。

《中次三經》記載，位於河南的騩山盛產美味的棗子，山北有許多美玉。正回水發源於此，往北流入黃河。水中有許多飛魚，形狀像豬，身上有紅色斑紋，吃了牠的肉，不但不怕雷擊，還能驅除刀械及兵刃之災。

郭璞的《圖贊》說：正回水的飛魚沒有翅膀。但許多古圖譜中都繪有翅膀，甚至頭上還長角（如胡文煥和郝懿行的版本）。《中次一經》中也有飛魚，但造型完全不同，長得像一般鯽魚，吃牠的肉可以治療痔瘡和痢疾。

三足龜

sān zú guī

《中次七經》——

又東五十七里，曰大𦔎之山，多㻬琈之玉，多麋玉。

……

其陽狂水出焉，西南流注於伊水，其中多三足龜，食者無大疾，可以已腫。

《中次七經》敘述的範圍為沿著洛水、伊水，自西而東至洛陽之間的中嶽山脈。其中大𦔎山南面有一條狂水，往西南流入伊水。水中有許多三足龜，吃牠的肉不但不會生重病還可以消腫。

郭璞的注說：吳興的陽羨縣有座君山，山上有個水池，池中有六隻眼睛的三足龜。李時珍的《本草綱目》則說：食用三足龜，可預防季節性的流行病還能消腫。

巴蛇 bā shé

《海內南經》

巴蛇食象，三歲而出其骨，君子服之，無心腹之疾。其爲蛇青黃赤黑。一曰黑蛇青首，在犀牛西。

《海內南經》記載，巴蛇是一種大蟒蛇，能夠吞下整隻大象，三年後才會吐出大象的骨頭。如果有才德的人吃了巴蛇的肉，就不會罹患心痛和肚痛之類的疾病。巴蛇身上有青黃色和紅黑色的花紋，色彩斑斕。也有的身體是黑色，頭部是青色，出沒的地方是在犀牛所在地的西邊。

胡文煥的圖說指出：巴蛇是南方的巨大爬蟲類，能吞下大型哺乳類動物，除了大象之外，也能吞食鹿。

《說文解字》說：「巴」的篆體字就像是一條蛇，指的就是長蟲，也稱食象蛇。《海內經》說：西南方有個國家叫巴國，是中國西南方的部族，活動範圍大約在四川東部及湖北一帶，屬於蛇圖騰的部族，相傳他們是伏羲的後裔。

陵魚 líng yú

《海內北經》

列姑射山在海河洲中。

姑射國在海中，屬列姑射，西南，山環之。

大蟹在海中。

陵魚人面，手足，魚身，在海中。

黃河東流入海，在外海形成小的陸塊，就是河洲。列姑射山就在河洲上，列姑射山是海中神山，海中的姑射國，就位在列姑射山上。姑射國的西南有高山環繞，海裡有大螃蟹，還有一種怪魚叫陵魚；身體是魚，卻有著人的臉孔，還有手和腳。

陵魚就是人魚，棲息在海中。明代鄧元錫的《物性志》說：陵魚一出現就會掀起波濤。《列子》中說：列姑射山在海河洲中，山上有神仙，餐風飲露，不食五穀，心如淵泉，形如處女。郭璞則認為，列姑射山就是莊子《逍遙遊》中所說的藐姑射山。

應龍 yìng lóng

《大荒東經》

大荒東北隅中，有山名曰凶犁土丘。應龍處南極，殺蚩尤與夸父，不得復上。故下數旱，旱而為應龍之狀，乃得大雨。

《大荒東經》說：大荒的東北角有座山名叫凶犁丘山，應龍就住在土丘的南端，善於蓄水行雨。黃帝跟蚩尤大戰時，為了抵抗蚩尤，以法術佈下大霧，特別請應龍前來助陣，最後終於殺了蚩尤和夸父族的巨人。但從此應龍無法回到天界，只能長住地面。然而天上沒了應龍，無法興雲致雨，土地常常乾旱。因此人們就模仿應龍的樣子，做成土龍來舞動祈雨，希望能夠天降大雨。

胡文煥的圖說描述應龍是有翅膀的龍。大禹治水的神話中，應龍用尾巴在地上畫出線條，大禹就依照這些線條開鑿水路，才得以疏導洪水。

經典・藝讀03

山海經圖鑑

編審：李豐楙
畫作：吳冠德
編輯：李濰美
設計：林育鋒
文字整理：余京倫
校對：李豐楙、趙曼如、李昧

發行人：曾淑賢、郝明義
合作出版：
國家圖書館
台北市中山南路二十號
電話：(02) 23619132　傳真：(02) 23826986

大塊文化出版股份有限公司
台北市南京東路四段二十五號十一樓
電話：(02) 87123898　傳真：(02) 87123897
郵撥帳號：18955675　大塊文化出版股份有限公司

法律顧問：董安丹律師、顧慕堯律師

總經銷：大和書報圖書股份有限公司
地址：新北市 24890 新莊區五工五路二號
電話：(02) 89902588　傳真：(02) 22901658

初版一刷：二〇一七年九月
初版十三刷：二〇二三年七月
定價：新台幣六〇〇元

Printed in Taiwan

國家圖書館出版品預行編目 (CIP) 資料

山海經圖鑑 / 李豐楙審訂 . -- 初版 .
-- 臺北市 : 大塊文化 , 國家圖書館 , 2017.09
面； 公分 . -- (經典 . 藝讀 ; 3)
ISBN 978-986-213-817-5(平裝)

1. 山海經 2. 清代彩繪本

857.21 106013341